아웃랜드

가벼운
죽음에
대하여

아웃랜드

가벼운 죽음에 대하여

초판 발행 ｜ 2020년 3월 21일

지은이 ｜ 서이언

표지디자인 ｜ 서이언 장형순

펴낸이 ｜ 장형순

펴낸곳 ｜ 지콘디자인

인쇄 ｜ 이삼영

이메일 ｜ digitalzicon@naver.com

ISBN 979-11-950924-7-5 03810

정가 12,000원

sobre una muerte reseca

차례

1
떠나려는 아빠

오빠, 웬일이야? 이 시간에 전화를 다 하고. 안 바빠?

아버지가 결국 그곳에 들어가기로 했대.

어딜 말하는 거야?

왜 저번 아버지 생일 때 식사하면서 들었지? 노인만 사는 비정부 기구가 만들어졌는데 가고 싶다고 했었잖아. 그 시설이 우리나라에도 생긴대.

정말? 거기 들어가면 죽을 때까지 그 안에서 살아야 한다고 했지?

그랬지.

이름이 뭐야?

아직 한국 이름은 미정이고, 영어로는 아웃랜드야, 시니어 아웃랜드. 홈페이지도 있으니까 너도 확인해봐.

그거 외딴 지역이라는 뜻 아닌가? 오빠, 어차피 이번 주말이 엄마 기일이라 추모관에서 다들 만날 거니까 그때 얘기하자. 근데, 아빠를 어떻게 말리지?

나도 잘 모르겠다. 워낙 하고 싶은 건 하는 사람이잖아. 누가 말리겠어?

하~, 그러게 말이야.

우리 애들 좀 동원해 볼까? 손주들은 끔찍하게 사랑하시는 분이니…….

글쎄, 꽤 오래 전부터 준비했다고 그랬었는데. 어쨌든 할 수 있는 건 다 해봐야지.

그래, 그럼 토요일에 보자.

응, 안녕.

오빠의 목소리에는 당혹감과 걱정스러움이 깊이 배어 있었다. 나도 걱정이 되긴 마찬가지다. 아빠는 소박하지만 여유롭게 말년을 보내기에 부족함이 없는 사람이 아니던가? 한적한 곳에서 하고 싶은 일로 소일하면서 지낼 수 있는 사람의 그런 선택을 이해하기 힘들었다. 아빠는 은퇴하고 몇 년 후 서울에서 그리 멀지 않은 곳에 오랫동안 꿈꾸던 작은 집을 지었다. 절친한 후배 건축가와 현장에서 살다시피 하면서 정성스레 건축한 그곳은 지인들이 종종 방문하는 곳이 되었다. 나 역시 지치거나 힘들 때 그곳을 찾곤 했다. 잘 가꾼 정원이 있고, 슬프도록 아름다운 석양을 볼 수 있는 곳이었다. 손수 차리는 간단하지만 마음이 담긴 음식과 편안한 마음으로 나누는 대화를 즐기기 위해 사람들은 그곳으로 가기만 하면 되었다. 아무것도 강요하거나 기대하지 않으며 부담 없이 자신에게 집중할 수 있었다. 자신을 다시 발견하고, 삶의 의미와 일상의 소중함을 다시 찾곤 했다.

남쪽의 마당을 향해 돌출된 거실 겸 식당에서는 일출과 일몰을 감상할 수 있었다. 거실을 중심으로 독립적으로 구성된 침실과 게스트룸들이 연결되어 있었는데, 식사를 위해서는 거실로 건너와야 하기 때문에 자연스럽게 사람들과의 소통을 유도하는 구조였다. 가끔은 특별한 프로그램을 진행하기도 했는데 사찰의 묵언 수행과 유사하게 체류기간 동안 침묵하며 지내는 사람도 있었다. 단식을 하는 경우는 이른 아침에 진행하는 단체 명상 시간을 제외하면 집 주인도 방문객도 서로의 사생활을 방해하거나 침범하지 않았다. 자신에게, 그리고 그곳을 찾아 오는 다른 이들에게 그 정도의 안온한 쉼과 일상적이면서도 특별한 경험을 선사하는 장소를 만든 당사자가 그 집을 버리고 영영 떠나기도 쉽진 않아 보였다.

아빠의 사생활을 침해할 수 있는 단 하나의 예외는 오빠네 조카들이었다. 어쩌면 그렇게 무조건적으로 무제한적으로 손주들을 사랑할 수 있는지. 아이들은 한때 제 부모보다 할아버지를 더 사랑한다고 스스로 고백할 정도였다.

인터넷에 접속해 사이트를 찾아보았다. 아직 한국어로 된 서비스는 구축되지 않았다. 그렇다면 아직 시간이 있다. 영어로 'Senior Outland'라고 입력하니 바로 연결되었다. 아직까지는 영미권과 유럽의 몇 나라에서만 운영 중이었고 한국과 일본에서 곧 설립될 예정이라고 공지되어 있었다. 노령 인구의 숫자로는 일본이 1위이지만 이 일의 발단은 호주에서 있었던 한 세미나였다. 나는 최초의 발기인 모임을 소개하는 글에서 아빠의 이름을 발견하고 깜짝 놀랐다. 이미 그때부터 깊이 관여하고 있었단 말인가? 말릴 수 없을지도 모른다는 불길한 예감이 밀려왔다.

가면 안돼. 나는 아직 아빠가 필요해. 뭘 받고 싶어서가 아니야. 세상에서 제일 편안한 말소리도 듣고 아름다운 석양도 같이 감상하고 싶거든.

웹사이트는 정갈했다. 시설을 미화하기 위한 과장된 이미지는 하나도 없었다. 이미 운영을 시작한 시설은 검소하고 깨끗하게 관리되고 있었다. 사진에 나온 사람들의 얼굴은 죽음과 가까워진 노인의 얼굴이 분명했으나 평화로웠다. 죽음에 이르는 과정이 평화롭다면 그 길을 걸어가는 사람도 평화로울 수 있음을 잘 보여주는 표정이었다.

한쪽에 '운영 정책' 이라는 메뉴가 있었다. 서둘러 주요 항목을 훑어보았다.

비용

가입 및 입주에 필요한 모든 비용은 사무국이 집행합니다. 모든 재정은 각국 정부가 제공한 공여금과 가입 시 입주자가 출연한 기부금으로 충당합니다. 이 두 가지 경로 외의 재정 조달은 금지합니다.

이동

각 나라별로 구성된 아웃랜드 간의 이동에 대한 안내입니다. 일반 입주자의 이동은 입주일 기준 만 1년이 경과한 이후부터 가능합니다. 이동 회수는 체류 기간 만 1년이 지날 때마다 1회로 제한됩니다. 이동 시는 최소한의 소지품만을 가지고 갈 수 있으며, 나머지 모든 물품은 그대로 둡니다. 이동 시 미리 지정해놓은 가족과 지인들에게 통보합니다. 영어 또는 이동할 국가의 언어로 기본적인 의사 소통이 가능해야 합니다. 이동을 위한 모든 비용, 교통편은 사무국이 제공합니다. 이동 후 적응이 힘들 경우 다시 돌아올 수 있으나, 이후 3년간 이동 신청을 할 수 없습니다.

소지품

옷가지: 여름옷 7벌, 봄가을옷 5벌, 겨울옷 3벌 이하.

책: 100권 이하.

전자기기: 휴대폰, 개인용 컴퓨터, 소형 음향기기로 제한.

개인 저널 및 기타 물품: 웹 상에서의 관리를 기본으로 하되, 1박스 한도 소장 가능.

외출

입주자의 외출 및 영외 방문은 원칙적으로 금지됩니다. 다만 사무국의 승인 하에 3일간의 외출이 연 1회 허용됩니다. 기한 내로 복귀하지 않으면 자격이 박탈되며, 재입주는 불가합니다. 이 경우 각 국가별로 지정된 노인시설로 수용됩니다. 다만 거동이 불편하거나 사고로 기한을 어긴 경우는 예외로 합니다.

방문

외부인의 방문(최대 5인)은 지정된 방문기간에 한해 입주자 1인당 연간 1회, 3일간 허용됩니다. 이 기간 동안 방문자 1인은 영내에서 체류할 수 있습니다.

거주 환경

1인 1실을 원칙으로 합니다. 거동이 불편하거나 심리적인 이유로 다인실 사용이 필요한 경우 2인실이나 4인실을 선택할 수 있습니다. 모든 방에는 별도의 화장실이 딸려 있습니다. 식사는 공동 주방, 공동 식당 이용을 원칙으로 합니다. 식사는 1일 1회의 점심 식사(오후 12시~3시)가 제공됩니다. 그 외의 식사는 자율에 맡깁니다. 주방과 식당은 언제든 이용할 수 있습니다. 기 제공된 음식물, 또는 각자 만든 음식을 나눠 먹을 수 있습니다. 강제적인 식이요법이나 채식주의를 시행하지는 않지만 가능한 검소한 소식을 지향합니다. 기상 시간, 취침 시간의 제한은 없습니다. 다만, 자정~오전6시까지는 소란 행위가 금지됩니다.

활동

취미 생활을 포함한 영내 활동에는 제한이 없습니다. 공동 공방을 활용할 수 있으며, 새로운 프로그램이나 시설이 필요할 경우 사무국에 신청하면 예산이 허락하는 범위 내에서 15일 이내로 사무국이 준비하여 제공합니다.

종교생활은 개인적, 소그룹 차원에 한하여 자유롭게 허용됩니다. 공동체의 질서를 파괴하는 경우는 금지됩니다. 포교 활동을 제한하지는 않지만, 다른 종교나 사상을 인정하지 않는 교리는 불허합니다.

사망 시 처리 규정

사망 시 모든 장례를 영내에서 처리합니다. 장례 방식은 화장이 원칙이나, 시신을 기증한 경우 제도권과 협력 하에 관련 절차를 진행합니다. 사망 사실은 사전에 지정한 가족과 지인에게 즉시 통보되며, 희망자는 장례절차에 참석할 수 있습니다. 출신국이 아닌 곳에서 사망한 경우 유골은 화장 후 사망국에서 처리, 보관합니다. 고인의 흔적은 추모관에 보관하며, 외부로의 반출은 금지됩니다. 고인이 공개를 허락한 경우 사이버 데이터가 공식 사이트에 공개될 수 있습니다.

치안, 안전

제도권 국가와 같은 공권력, 경찰 조직은 존재하지 않습니다. 따라서 감옥, 수용소, 사법기관 등도 존재하지 않습니다. 대신 문제가 되는 사람에 대해 운영위에서 추방을 명할 수 있습니다. 추방자는 제도권으로 돌아가 지정된 시설에 수용됩니다. 추방자는 다시 들어올 수 없습니다.

지속 가능성

자체 붕괴에 이르지 않는 한 영속합니다.

개별 아웃랜드가 통제 불능 상태에 이를 경우 해당 사무국의 보고를 거쳐 국제 통합 사무국의 판단에 따라 자체 붕괴를 선언합니다. 일단 자체 붕괴가 선언되면 모든 임주자들은 제도권의 지정된 시설에 수용됩니다. 이후 그 국가 내에서 재설립은 불허합니다.

제도권 조직이 아님에도 불구하고 각 규정은 잘 정리되어 있었고, 유사시에 대한 대비나 예외 규정까지 많은 회의와 조정을 거쳐 만들었다고 여겨졌다. 아빠가 가끔 얘기하던 이상향의 나라와 비슷하기도 해서 어느 정도는 관여한 것 같았다. 하지만 가족의 입장에서 봤을 때 방문이나 외출에 관한 규정은 너무 매몰찼다. 내가 아빠 옆에서 1년에 3일 밖에 머무를 수 없다는 생각을 하면 벌써 마음이 무너져 내린다. 그럴 수는 없다. 아무리 좋은 곳이라고 해도 나는 아빠를 뺏길 수 없다. 무슨 수를 써서라도 말려야 한다. 아빠는 치매에 걸렸거나 거동이 불가능하지도 않고 부양할 수 없을 정도로 성질이 괴팍한 사람도 아니다. 그런 사람이 왜 이런 단체를 만드는 데 헌신하고 스스로 추방되려 하는지 이해할 수 없었다.

　며칠 후 서울 외곽의 한적한 소도시에 살고 있는 오빠의 집에 들렀다. 마당을 공유한 두 가구가 각각 독립적으로 살 수 있도록 설계된 집이다. 아이들은 남쪽을 향해 열린 마당에서 모래 놀이를 하고 있었다.
　야, 고모다. 안녕하세요?
　그래, 오랜만이네. 저녁은 먹었니?
　아뇨, 지금 아빠가 뭐 만들고 있을 거예요. 이거 스파게티 냄새 맞지?
　어, 맞아. 토마토 스파게티야. 다 되면 부를 거예요.
　엄마는?
　좀 늦는데요. 회식이 있다고 했어요.
　고모 먼저 들어가요. 우린 좀더 놀고 싶어요.
　그래. 준비 다 되면 부를게.
　네.
　나와 오빠처럼 조카들도 오누이다. 여유 있고 기발한 남자아이와 발랄하고 감수성 예민한 여자아이였지만 조카들은 어려서부터 잘 어울려 놀았다. 아이들의 이름은 아빠가 지어준 거나 마찬가지였지만, 아빠는 단지 오빠에게 자문했을 뿐이라고 했고 최종 결정은 오빠가 했다. 나중에 아빠에게 왜 그렇게 했느냐고 물어본 적이 있었다.

그건 당연한 거지. 아이들에게 가장 소중한 사람은 결국 부모야. 조부모는 조력자가 될 수 있을 뿐이다. 일정 시기에는 할아버지가 아빠 엄마 보다 더 좋을 때도 있을 테지만, 아이들은 곧 자라고 사춘기만 지나도 다 안다. 누가 가장 중요한지 아닌지를. 부모가 없는 경우라면 다르겠지만 말이다. 나 역시 너희들을 기르면서 한 번도 주도권을 내려놓지 않았다. 그렇게 하는 게 부모야. 너도 그래야 한다.

아빠는 어디서 그걸 어디서 배웠어요?

꼭 누가 가르쳐 줘야 알 수 있는 건 아니다. 우리의 육아방침은 반 정도는 책으로 배웠고 나머지는 저절로 알게 된 거야.

아빠는 가끔 오빠에게 부모가 되면 어떻게 하는 게 좋은지에 대해 얘기했다. 이래라 저래라 하기보다는 나는 이렇게 했더니 어땠더라, 너는 어떻게 하면 좋겠다고 생각하니? 라고 물어보는 방식이었다.

오빠는 분주하게 손을 놀리며 주방과 식탁을 오가고 있었다.

스파게티 만든다며, 근데 뭘 또 만들어?

어, 왔구나. 너도 같이 먹자. 스파게티에다 베이컨 말이 하고

스크램블이야. 너도 좋아하지?

그럼. 내가 날라 줄게. 언니는 많이 늦어?

어, 오늘 회식이라 술도 먹고 좀 늦을 거래.

오빠는 회사일 안 바빠?

오후반차 냈지. 애들 좀 불러 줄래?

그래.

주방과 연결된 기다란 6인용 식탁이 놓인 식당에는 남쪽을 향해 큰 창이 나 있었다. 창 밖으로 고개를 내밀어 조카들을 불렀다. 아이들은 깔깔대며 화장실로 들어갔다.

애들 참 잘 큰다. 그렇지?

고맙지 뭐. 나도 저렇게 잘 자라리라곤……. 내가 뭐 한 것도 없는데 말이야.

무슨 소리, 내가 아는 남자들 중에 아빠 빼곤 오빠가 애들하고 제일 친해.

후후, 그 정도야? 애들하고 같이 놀고 말도 많이 하려고 노력하긴 해.

고모도 같이 식사 할 거죠?

응, 어서 앉아라.

이거 뭐라고 하더라? 베이컨이 이불이고 속에 있는 소시지는 뭐고, 이름이 분명 있었는데.

예전에 할아버지가 얘기해줬어요.

그래?

너무 어렸을 때라 기억이 잘 안 나요.

'이불 덮은 돼지' 아니었나?

아, 맞다, 맞아. 할아버지가 젊었을 때 미국 여행하다가 홈 스테이 했던 집 아주머니가 만들어 줬던 거라고 했어.

신나게 놀고 난 아이들은 식욕이 돋는지 밥도 잘 먹었다. 식사를 마칠 즈음 오빠가 깎아 내놓은 사과까지 다 먹은 아이들은 위층으로 올라갔다. 식탁을 대충 치우고 원두를 직접 그라인더로 갈기 시작한 오빠와 마주 앉았다. 아빠의 결심에 대해 오빠도 놀라긴 마찬가지였다. 여러모로 오빠의 인생에 도움이 된, 아니 그 보다 더 근원적인 면에서 소중한 사람인 아빠가 아닌가. 우린 우울한 심정으로 커피 잔만 바라보고 있었다. 아이들이 뛰어내려왔다.

어, 뭔가 심각한데. 혹시…… 할아버지 때문에 그러죠?

어머, 어떻게 알았지?

오빠 뒤로 다가온 막내가 끼어들며 말했다. 커피 향을 머금고 무거워진 공기를 눈치챘는지 심각한 얼굴을 한 큰아이도 식탁으로 다가왔다. 어린 시절의 끝물을 지나는 남자 아이. 고개를 약간 숙이고 호기심 가득한 눈을 반짝이며 내 맞은편 자리에 앉는다.

우리도 알아요. 할아버지가 다 얘기했어요. 뭐라더라, 어디 멀리 간다고 하셨는데.

조카들도 이미 할아버지의 계획을 알고 있었다. 아, 아빠가 밉다.

근데 나중에 할아버지 방문하게 되면 우리 하루씩 돌아가면서 할아버지랑 같이 자도 되죠?

뭐라고? 안 돼. 내가 3일 내내 아빠랑 있을 거야. 너희들은 낮 시간에 할아버지랑 놀면 되잖아. 아니 잠깐만, 뭔 소리야? 거기 못 가게 말려야지!

에이, 고모는 할아버지 고집 센 거 몰라요?

그래도 너희들이 떼쓰면 다 들어 주시곤 했잖아.

어, 우린 그런 적 없는데.

애들 좀 봐. 이젠 다 큰 애들처럼 얘기하네? 오빠, 어떻게 된 거야?

그러게. 애들 도움 받기는 어렵겠다.

아니, 1년에 고작 3일이라니, 그게 감옥이지. 안 그래?

아냐, 감옥보다 더해. 감옥이라면 형기를 다 채우면 나올 수 있고 감형도 있고 사면도 있지. 이건 사망 시까지니까.

오빠도 이미 포기한 거야?

내일 애기 해보긴 할 거야. 아님, 조금 더 우리하고 살다가 가시라고 애기해 보려고. 아직 우리나라에는 시설이 다 완성지도 않았다니 말이야.

야, 너희들은 이제 할아버지 영영 못 보게 될 지도 모르는데 아무렇지도 않니?

보고 싶긴 할 텐데. 할아버지가 가르쳐준 대로 꿈에서 만날 수도 있고. 그동안 들은 애기랑 같이 놀았던 걸 생각해도 되고.

그래 맞아. 사람의 몸은 죽어도 진짜로는 안 죽는다고 하셨어. 그렇지?

응, 영혼은 계속 살아 있대. 근데 그건 잘 모르겠어.

애들이 지금 못하는 소리가 없네.

고모한테는 할아버지가 그런 애기 안 해줬어요?

나도 너희들 만할 때부터 다 들은 애기야. 근데, 사람이 눈앞에 보이고 만질 수 있어야지. 우리가 무슨 득도한 사람도 아니고.

하긴, 쉬울 것 같진 않아요. 명상도 해봤는데 잘 안됐어요.

난 잘 되던데? 고모도 어렸을 땐 잘 됐다고 했죠?

그건 그때고, 이젠 안 되거든.

어쨌든 내일 잘 애기해 보자.

그래요.

집으로 돌아오는 내내 생각에 잠겨 있었다. 이게 도대체 무슨 일이람. 아무리 노인 인구가 많아졌다고 하지만 아빠까지 이럴 필요는 없다. 게다가 아빠 세대는 우리와는 달라서 연금도 충분히 탈 수 있고 기본적인 복지 혜택도 누릴 수 있을 텐데 왜 그런 마음을 먹은 걸까? 앞으로도 10년, 아니 20년 이상 건강하게 살 수 있다. 대접받기만을 원하는 하는 꼬장꼬장한 어른도 아니다. 애써 사라질 필요가 없는 사람이다.

2
회유

꼭 기일이 아니어도 엄마 생각이 많이 나면 혼자서도 종종 들르는 추모관은 아빠가 직접 기획하고 건축한 시설이다. 지금은 삼백 명이 넘는 고인들의 유골이 안치되어 있다. 유골만이 아니고 고인의 여러 가지 흔적도 함께 보관하고 있다. 아빠의 생각에 동감한 사람들이 하나 둘 모여서 제대로 된 개인 기념관들의 집합체 같은 시설을 구상했고 자발적으로 자금을 모아 검소하지만 마음을 울리는 공간으로 이루어진 추모관이 완성되었다. 아빠는 꽤 많은 돈을 벌 수 있었지만 결국 모든 수익을 자선 재단에 기부했다. 지금도 아빠에게는 재산이 별로 없다. 국가로부터 받는 연금이 유일한 수입원인데 그 돈만으로도 손주들에게 용돈도 주고 여행도 다니면서 잘 산다.

제대로 된 식사는 하루 한끼만 먹는다. 내가 유치원에 다니고 있을 때였다. 밥을 너무 천천히 먹고 섭취하는 양도 적고 생일까지 늦어서 또래보다 키가 작았는데, 한 번도 그런 것으로 스트레스를 받은 적이 없었다. 어느 날 함께 밥을 먹고 있었는데,

아빠의 공기에 담긴 밥이 내 밥보다 적었다.

뭐야? 아빠 밥이 나 보다 적어.

그런데?

아빠는 어른이니까 나보다 더 많이 먹어야지.

아니, 그 반대일 수도 있어.

??

봐, 너는 아직도 많이 커야 하는 어린이잖아? 그런데 아빠는 이미 다 커버린 어른이야. 아무리 많이 먹어도 아빠의 키는 자라지 않아. 그래서 필요한 만큼만 먹으면 돼. 그런데 너는 많이 먹을 수록 더 잘 자라날 거야. 맞지?

음, 그런가?

먹자.

또래 친구들처럼 나도 라면을 좋아했다. 아빠는 라면에는 별 영양가가 없다고 했지만 밥을 먹고 난 후나 간식으로 먹는 것까지 막진 않았다. 대신 계란을 많이 넣어서 끓여 주었다. 노른자를 싫어했던 나는 흰자만 먹었다. 그런 나를 본 아빠는 그 다음부터는 계란 두 개를 깨서 흰자는 다 라면 속에 넣어 끓이고 노른자는 따로 그릇에 부어서 풀고 거기다 라면 수프 한 술을 넣고 지단을 만들어 주었다. 수프 맛이 은은하게 스며든 지단은 나도 맛있게 먹을 수 있었다. 나는 좋아하는 라면을 먹고, 아빠는 계란 두 개를 먹인 셈이었다.

아빠는 몸도 마음도 가볍게 살고 싶다고 했다. 식사량을 조절하고 적절한 운동을 멈추지 않았다. 맛있는 음식은 마음껏 먹었다. 아이스크림과 초콜릿, 콜라와 맥주도 자유롭게 즐겼다. 몸에 들어가는 건 다 좋게 받아들이면 되고 그렇게 들어간 음식은 몸이 소화할 수 있다며 음식을 가리지 않았다.

나는 갓난아기였을 때 엄마를 잃었고, 아빠는 사별과 함께 중년의 삶을 시작했다. 힘들었을 텐데 재혼하지 않았다. 곁에 여인들이 없지는 않았다. 내가 성인이 되고 나서는 잘 어울리는 커플이라고 생각될 정도로 친밀한 사람도 있었다. 재혼하는 게 어떠냐고 권해 보기도 했지만, 두 사람 다 친구로 지내는 게 좋다고 했다. 그분은 얼마 전에 세상을 떠났다. 엄마는 변함 없이 아빠의 유일한 여인으로 그 자리를 지키고 있다.

엄마는 여전히 30대 중반의 아름다운 모습으로 남아 있다. 조금 있으면 나도 엄마 나이가 된다. 모든 사진과 동영상을 통해 열정이 가득한 눈, 매혹적인 입술, 에너지가 넘치는 표정과 몸짓을 확인한다. 실물 크기로 제작된 조각은 비스듬히 벽에 기댄 채 그윽한 눈빛으로 석양을 바라보고 있다. 얼마 전에는 거의 누운 자세로 책을 보고 있었는데, 나는 엄마의 다리에 머리를 기대고 누워 한참을 쉬곤 했다. 사람들은 그렇게 고인과 똑같은 조각을, 게다가 자세를 바꿀 수 있게 만드는 방식에 대해서 거부감을 내비치기도 했다. 그런데 지금은 이곳에 수용된 거의 대부분의 고인과 가족이 그 방식을 선택했다. 나는 처음부터 그게 좋았다. 아빠가 들려준 이야기와 사진과 동영상을 통해서만 알던 엄마를 비록 생명체는 아니지만 비슷하게나마 느낄 수 있어서였다. 어차피 죽은 다음에도 엄마의 몸은 만질 수 없으니 여기서 그렇게 하는 것 말고는 방법이 없다.

오빠, 일찍 왔구나. 언니랑 애들은?

밖에서 좀 놀다가 들어온대. 엄마 자세가 그새 또 바뀌었네?

그러게, 난 엄마가 누워 있는 게 더 좋은데.

아, 아버지.

아빠.

언니.

아가씨, 일찍 왔네요.

너희들 왔구나. 애들은 좀 있다 들어오라고 했다. 일단 이 사람한테 메시지부터 전할까?

네.

모두 잠깐 동안 말이 없었다. 아빠가 언니를 향해 고개를 돌리고 살짝 미소를 지었다. 언니는 크게 심호흡을 하고 나서 입을 열었다.

어머님, 저예요. 오랜만에 왔어요. 먼 곳을 바라보는 어머님 눈동자가 정말 고와요. 당신의 아들에게 물려 주신 그 눈동자에 제가 마음을 빼앗겼던 거 아시죠? 그래서 이렇게 어머님을 만나게 된 거예요. 저도 아이들도 잘 있답니다. 아버님이 우리 곁을 떠나지 않게 해 주세요. 그래서 어머님 얘기를 더 많이 들을 수 있게요. 잘 계세요.

언니는 차분하게 한 번도 만난 적이 없는 시어머니에게 인사했다. 두 사람 사이에는 우리가 이해할 수 없는 특별한 그리움이 생겨난 것 같았다.

엄마, 미안해. 바빠서 자주 못 왔어. 아이들 자는 모습을 보면 미간과 눈썹이 엄마하고 너무 꼭 같아서 놀라곤 해. 아버지는 내 얼굴에 엄마 얼굴이 있다고 하는데, 나는 잘 모르겠어. 오히려 애들 얼굴에 있는 게 아닌가 싶어. 엄마를 볼 날이 조금 더 다가왔어. 너무 멀리 가 있지 말고. 잘 지내. 사랑해.

오빠는 언젠가부터 아빠를 아버지라고 부르기 시작했는데 엄마는 여전히 엄마라고 부른다. 나이가 들면서 어렸을 때보다 더 엄마를 그리워하고 있다. 나보다 엄마에 대해 기억하는 게 많을 텐데, 한 번도 구체적으로 들어 본적은 없다.

엄마, 아빠 좀 말려 봐. 이제 좀 쉬려는가 싶었는데 또 어디로 간대. 기약 없이 아주 멀리 말이야. 엄마가 꿈에라도 나와서 말려 줘. 알았지?

나는 엄마에게 되지도 않을 부탁을 하고 말았다.

여보, 또 1년이 지나갔구나. 이번에도 꽤 빠르게 시간이 흘러갔다. 올해는 거의 매일 꿈 속에 나온 당신을 만날 수 있어서 좋았어. 그런데 당신은 영영 안 늙을 건가? 기껏해야 애들 어릴 때의 젊은 엄마로만 나오니 말이야. 설마 내가 그곳에서 당신을 만날 때 늙은이와 꽃다운 여인으로 만나게 되는 건 아니겠지? 뭐, 그래도 좋다. 이제 나도 많이 지쳐서 떠나고 싶을 때가 많아. 조만간 다른 곳으로 가게 될 거야. 시간이 더 빨리 흐르는 곳으로 말이야. 변함없이 내 속으로, 꿈으로 들어와서 만나 줬으면 좋겠어. 사랑한다, 내 사람.

엄마는 아빠의 꿈에 점점 더 자주 나오고 있다. 아빠는 꿈에 나온 엄마의 이야기를 다 적어 두었다.

할머니, 저도 왔어요.

저도요. 잘 크고 있으니 걱정 말아요.

우리 꿈에도 좀 나와 주세요.

안녕히 계세요.

살금살금 들어와 어른들 뒤에 서 있던 아이들은 순식간에 인사말을 내뱉더니 다시 후다닥 나가 버렸다.

커피 한 잔씩들 할까?

그렇게 말하며 앞장서는 아빠의 얼굴은 편안해 보였다. 추모관 한 켠에 자리한 커피숍은 에스프레소와 핸드드립 커피 맛이 좋다고 소문이 나서 추모객들 뿐만 아니라 커피 매니아들에게도 잘 알려진 명소가 되었다. 건립 전부터 추모관의 특별함을 알게 된 커피숍 주인은 처음부터 적극적으로 사업에 동참했고 설립 후에는 자신의 아내를 이곳에 안치했다. 결국 자신이 운영하던 커피 전문점을 이곳으로 옮겨왔다.

오~ 형님.

오랜만이군.

두 사람은 크게 팔을 벌려 포옹했다.

그래도 저번에 남미 여행 다녀오셨을 때에 비하면 금방 오신 겁니다.

그런가?

형님 보석들이 다 모였네요. 보기 좋습니다.

허허, 그렇지.

아저씨도 잘 지내셨죠?

그래, 근데 아드님 표정이 좀 어두운데, 무슨 일인가?

아직 못 들으셨나요?

글쎄, 모르겠는데.

아우님도 같이 와서 내 얘기 들어 봐요.

네, 조금만 기다려 주세요. 커피 맛있게 내려서 가겠습니다.

나는 아포가토 먹게 아이스크림도 부탁해요.

네.

애들아, 이리 와서 앉자.

내가 홈페이지 들어가서 다 봤어요. 아빠도 그 단체 설립하는 데 일조한 거 맞죠?

안 했다고는 할 수 없지. 초기에 방향 설정할 때 자문해 준 적이 있었거든.

언제적 일이에요?

오래 전 일이지. 유스호스텔 운영하며 지내던 때였으니까. 핀란드에서 온 노부부가 있었지. 그 전해에는 그들의 딸이 한국에 여행 와서 그곳에 한 일주일 묵었다. 건축을 전공하는 학생이었는데 부석사와 병산 서원 투어를 하면서 적잖이 감동을 받았다. 밤마다 나한테 와서는 이런 저런 질문을 했고 속 깊은 대화도 나눴지. 내가 꼭 작고한 그 친구 할아버지 같다고 하면서 말이야.

유스호스텔 운영은 아빠가 은퇴 후에 해보고 싶은 일 중 하나였다. 젊었을 때 배낭여행을 많이 다닌 아빠에게 좋은 기억으로 남은 두 개의 유스호스텔이 있었는데 하나는 아테네에, 하나는 예루살렘에 있었다. 아빠가 이태리 브린디시에서 배를 타고 그리스 아테네에 도착해서 인터내셔널 유스호스텔에 묵었는데, 젊은 사람이 투숙객을 맞았던 대부분의 유럽 호스텔과 달리 그곳에서는 나이가 지긋한 할아버지가 느긋한 미소로 여행객을 맞았다. 특별할 것도 없는 '굿 나잇, 스윗 드림스!'라는 인사말에서 전해오는 따뜻함이 아빠의 마음에 오래도록 남았다. 커다란 주방과 식당은 누구에게나 24시간 개방되어 있었다. 여행자들은 다양한 나라의 음식을 자유롭게 나눠먹었다. 예루살렘 올드 시티 근처에 있었던 또 다른 유스호스텔의 주인은 우여곡절 끝에 이스라엘에 살게 된 미국인 할머니였다. 아빠는 도미토리의 침대 하나를 배정 받았다. 건물 중심을 관통하는 작은 아트리움의 벽면을 따라 나선형으로 이어진 계단을 올라가 도미토리로 들어갔는데, 그 안에서 여자들을 발견하고 깜짝 놀라며 밖으로 뛰쳐나왔다. 원래부터 도미토리는 남녀 구분이 없었고 아무 문제도 일어나지 않았다. 그 유스호스텔의 유일한 동양인 투숙객이었던 아빠는 매일 밤 주인할머니 도라와 이야기를 나눴다. 이 두 개의 시설이 아빠가 설립한 유스호스텔의 모델이 되었다. 가격이 저렴한 도미토리 위주의 객실 구성과 크고 넓은 개방형 공동주방은 유럽에서 온 여행자들에게 인기가 높았다. 직접 인솔하며 진행했던 전통건축 투어는 학구적인 내용과 재미있는 일화와 유머가 적절히 조화를 이룬 프로그램으로 꽤 오랫동안 진행되었다. 부석사, 병산서원, 양동마을, 하회마을, 가끔은 해인사 투어와 템플 스테이가 연계된 프로그램까지 있었다. 의도한 대로 공동주방과 식당은 여행자들이 각자 요리한 음식을 나누며 서로의 문화를 이해하는 공간이 되었고, 해마다 한국식 김장을 할 때면 외국 여행자들도 같이 참여했다. 몇몇 여행자는 조용한 시간에 아빠의 방을 찾아 담소를 나누고 조언을 듣기도 했다. 일손이 바쁜 시기에는 나도 가끔 내려가서 도왔다. 이런 저런 일을 거드는 사람들이 항상 있었는데, 아빠는 노동의 대가를 넉넉하게 보상했다. 유스호스텔이 운영된 기간은 대략 7년 동안이었다. 아쉬워했던 사람들의 만류에도 불구하고 아빠는 모든 시설을 매각했고 남은 돈은 전액 기부했다. 지금도 그때 친구가 되었던 사람들은 가끔 아빠를 찾아온다. 그들은 서로 약속도 하지 않고 공식적인 단체나 동호회를 만들지도 않았지만 영원히 소멸되지 않을 느슨한 연대감으로 결속된 사람들이다.

그 학생이 부모에게 내 이야기를 했고, 이듬해에는 그 부부가 나를 찾아왔다. 젊은 사람들과 같이 건축 답사를 다 따라다니면서 좋은 시간을 보냈고 밤마다 나하고 이야기를 나눴어. 그러다 그 사람들이 아웃랜드 설립에 참여하고 있다는 걸 알게 됐지. 오래 전부터 고민하고 있던 노년의 삶에 대해 서로의 생각을 털어놨는데 많은 부분 의견이 같았지.

아니, 늙으면 어떻게 살아야 하냐는 얘기까지 나오고. 무슨 일입니까?

하하, 그럴 일이 있어. 이번 커피는 맛이 어떤가?

균형감도 괜찮은데 목 넘김 뒤에 남는 여운이 아주 좋습니다.

그래요? 얘들아 너희들도 이리 와서 아이스크림 먹도록 해라. 커피는 아주 조금씩만 찍고.

와, 맛있겠다.

아빠, 그래서요? 그 노인들이 이 단체를 만든 건가요?

실제적인 설립은 노르웨이 사람들이 주도했다. 아무래도 북유럽 사람들은 노인문제에 대해서 오랜 기간 연구해온 노하우가 쌓여 있으니까.

그런 나라에서는 오히려 별 걱정 없이 노년을 보낼 수 있을 텐데, 왜 그런 시설까지 만들 생각을 한 거죠?

그게 그렇지가 않다. 노인이 너무 많아. 실버 쓰나미라는 말이 생긴지도 이제 오래 되었지. 요즘 90세는 기본이야. 웬만한 암도 치료하는 세상이니. 건강하든 아니든, 여유가 있든 없든, 다 너무 오래 살게 된 거야.

형님, 그럼 우리도 90까지 사는 겁니까?

갑상선 쪽 말고는 특별히 많이 아픈 데 없지?

네, 뭐 골골하기는 하지만 일하는 데는 문제 없지요.

그럼 김사장도 80 넘기는 건 우스운 거지.

저도 그렇게 오래 살기는 싫은데, 허허.

아니야. 다 말은 그렇게 하지만 어느 정도 건강하기만 하다면 하루라도 더 살고 싶어해. 거기서 노인들을 대상으로 설문 조사를 했어. 간단히 말하면, 언제 죽고 싶으냐는 거였지. 건강한 사람과 아픈 사람들의 대답이 달랐어. 아픈 사람들은 더 일찍 죽고 싶다고 했어. 젊은 사람이 아프면 더 살고 싶은 욕구가 강한데, 늙고 아픈 사람들은 달랐어. 힘들고 지쳐서 그런지 빨리 죽고 싶다고 했다는 거야. 그런데 질문을 다시 했어. 만약 지금 아프지 않고 건강하다면 어떻겠느냐고. 그랬더니 모두 다 오래 살고 싶다고 대답했어.

그렇군요.

나도 건강하기만 하면 오래 살고 싶을 거야.

질병을 다 극복하고 건강 관리도 잘 한다고 가정하면 기대 수명은 100세를 넘길 거야. 원래 사람의 몸은 거의 200년 살 수 있게 만들어졌다고 주장하는 사람도 있어. 하루라도 더 살고 싶어하는 게 사람 마음이지.

맞아요. 죽고 싶다는 노인의 말은 다 거짓말이래요.

다 그렇지는 않아. 옛 로마인 중에는 늙어서 몸이 마음대로 안 움직이고 지력도 떨어지면 스스로 굶어 죽은 사람들이 있었어. 로마인 주인이 그리스인 노예에게 이렇게 명령하는 거지. '지금부터 나한테 음식을 제공하지 말아라. 물도 주지 말아라.' 노예는 주인의 명령을 따라야 하니까 식음을 전폐한 주인이 죽을 때까지 지켜볼 수밖에 없어. 자발적인 아사인 셈이지. 나도 그런 식으로 죽음을 맞이하면 어떨까 생각해보게 됐지.

네? 할아버지가 죽는다고요?

하하, 나중에 말이야.

난 할아버지 죽는 거 싫은데.

걱정 말라. 금방 그렇게 되지는 않을 테니.

근데, 할아버지가 가려고 하는 곳에는 진짜 노인만 있어요?

그렇단다.

젊은 사람은 하나도 없고?

최소한 65세는 넘어야 해.

그럼 힘든 일은 누가 해요?

노인이라고 다 약한 건 아니야. 할아버지도 아직 힘 쓰는 일다 할 수 있다. 내가 가면 거기서는 상대적으로 어리고 힘 센 사람이 되겠지.

어린 노인?

하하, 그래.

그러니까 형님이 가려는 데가 거기로군요. 아니, 바로 가버리는 건 아니죠?

아직은 부지만 확정된 상태야. 이제 곧 건축을 시작한다고 했으니 다 지으려면 적어도 대여섯 달 정도는 걸릴 거다.

그나마 그 정도의 시간이라도 남아서 다행이라고 해야 하나? 무덤덤하고 자연스럽게 자신의 결정을 뒷받침하는 이야기를 풀어내는 아빠가 미웠다.

아빠, 그럼 그동안 나랑 같이 지내요.

우리는 할아버지 보러 주말마다 놀러 갈게요.

근데 이분이 좀 바빠서 말이야. 주말에 항상 계실지는 잘 모르겠구나.

나도 준비위원회 위원이라 이런저런 일이 많이 있겠지만 웬만하면 주말에는 오두막에서 쉬도록 하마.

형님이 가시면 여긴 어떻게 합니까?

무슨 소리. 내가 일에서 손 놓은 지가 언젠데.

그게 아니지요. 가끔씩 들려주는 이야기에 사람들이 얼마나 위로를 받는데요.

그런가? 내가 하고 싶었던 말은 거의 다 영상으로 만들어 놨으니 언제라도 찾아보면 되지.

사람의 육성을 직접 듣고 함께 부대끼는 게 얼마나 소중한지 맨날 얘기하는 분이 그렇게 얘기하면 어떻게 해요?

그래서 내가 있을 때 잘 하라고 항상 강조하는 거야. 하루든, 한 시간이든. 내가 아이들 키우면서 다 잘하지는 못했어도 애들의 어린 시절이 빨리 지나간다는 것과 그 시간의 소중함은 잘 알고 있었지.

잘 모르는 사람이 많아요.

지나고 나서 다 후회하지.

그러게, 애들이 어릴 때는 사회적으로 기반 닦는다고 바쁘고, 좀 안정될 쯤이면 애들이 사춘기라서 서로 힘들고, 그 시기가 지나면 그때는 서로 말이 안 통하게 되고. 좀더 지나면 애들은 떠나가고 부부간에도 소원해져서 이혼을 하고.

다 그런 건 아니니까.

그런데 제 주변에도 그렇게 사는 사람들이 너무 많아요.

아빠랑 엄마는 이혼 안 해서 다행이야.

그러게.

오빠와 언니가 눈을 마주쳤다. 아이들은 그 사이에서 안정감을 느끼고 있었다. 아빠는 오빠와 나를 어떻게 키워 냈을까? 엄마가 남긴 영향이 크다고 해도 감정이라는 건 얻는 게 있어야 줄 것도 생길 텐데. 어디서 그 사랑을 길어 올렸을까?

　나는 일을 마치고 매일 저녁 아빠가 기거하는 오두막으로 퇴근했다. 내가 저녁을 차려 준다고 했지만 아빠가 만든 요리를 먹는 날이 더 많았다. 글을 쓰거나 책을 읽는 아빠 옆에 앉아서 이런저런 얘기를 나눴다. 분명 방해가 될 텐데도 다 대꾸하고 대답해 주었다. 어렸을 때도 그랬다. 귀찮아 하거나 짜증내지 않았다. 그런 사람은 없었다.

　초등학교 때 아빠에게 이상한 질문을 했다.

　아빠는 아빠가 좋아, 엄마가 좋아?

　엄마.

　아빠는?

　나는 내가 싫을 때도 많은데.

　그래? 난 아빠가 좋은데.

　그건 내가 네 아빠라서 그렇지.

　아빠는 내가 왜 좋아.

　내 딸이니까. 그리고 그 사실은 영원히 변하지 않아. 네가 아빠의 딸인 건 말이야.

그러게.

어렸을 때는 아빠가 죽는 꿈을 꾸곤 했다. 그 얘기를 해 주면 아빠는 말없이 나를 안아 주었다. 아무 말도 할 수 없었을 것이다. 이제 그 마음을 이해할 수 있다. 오빠는 더 잘 알고 있을 것이다. 자신의 피붙이들이 둘이나 생겼으니.

3

이별

아빠를 말리겠다는 내 계획과는 달리 아웃랜드에 대해 더 많이 알게 되면서 오히려 내가 아빠의 생각에 설득 당하기 시작했다. 가끔 아빠가 밤 늦은 시간에 유럽이나 북미 쪽 관계자들과 했던 화상통화를 옆에서 지켜보기도 했다. 함께 참여하는 노인들의 눈빛은 열정으로 빛났다. 북유럽 국가들은 이미 사회복지가 자리를 잡은 지 오래 되었고, 노인들에 대한 복지와 국민연금의 연계, 그리고 관리하는 정부기관의 투명성까지 더해져 이상향에 가까운 체계를 구축해가고 있었다. 그들이 이런 식의 어찌 보면 좀 급진적인 방안까지 준비하고 실행해나가는 모습을 보면 정말 대단하다는 생각이 들었다. 솔직히 그들이 부러웠다. 아빠는 선행 학습한 사람들이 들려주는 성공담과 실패담을 경청했다. 이런저런 궁금한 사항에 대해 질문하기도 하면서 한국에 설립될 아웃랜드의 운영방침에 대한 보완작업을 계속해나갔다.

조카들도, 오빠와 언니도, 가까운 지인들도 자주 그 오두막을 찾았다. 평소에는 사진 찍히기를 지독히 싫어하는 아빠지만 남겨진 시간 동안 카메라 앵글 속으로 자주 들어와 편안한 미소와 함께 추억을 남겼다. 나는 아빠의 마음을 돌리기 위해 이런저런 말을 건넸지만 소용 없었다. 설립 과정이 순탄하지만은 않았는데 그럴수록 그의 의지는 점점 더 확고해졌다. 완공을 앞두고 시설에 대한 감사가 있었고 국내 사무국이 국제 사무국으로부터 정식 승인을 받았다. 시설 건축도 다 마쳤고 입주할 노인들의 신청도 막바지 단계에 접어들었다.

마침내 오두막에서의 마지막 밤이 도래했다. 알리지도 않았는데 사람들이 하나 둘 찾아왔고 나중에는 집이 비좁을 정도가 되었다. 가지고 온 음식을 나눠 먹으며 이야기를 나눴고 정성을 다해 쓴 카드와 편지를 아빠에게 전달했다. 방문한 지인들 중에 노인도 있었는데 아웃랜드로 들어가는 사람은 없었다. 사람들은 같이 밤을 새우고 싶어했지만 많은 사람들이 잘 곳도 마땅치 않았고, 누구는 재우고 누구는 보내고 할 수도 없어서, 결국 오빠네와 나만 남고 다 돌려보냈다. 사람들은 마지막 인사말을 남기고 밤 늦게 오두막을 떠났다.

어떻게 늙어가야 하나, 뭘 바라고 살아야 하나 길을 잃고 서 있을 때 선생의 사는 모습을 바라보며 표지로 삼았습니다. 지금은 이렇게 편안한 마음으로 살아가게 되었는데, 이제는 그 표지가 자국만 남고 사라지는 건 아닌지. 그래서 마음이 아파요. 그래도 잘 살아가실 거라 믿어요. 나중에 우리 다 만날 거니까. 잘 가세요.

나보다 어린 사람이 이렇게 늙은 티를 확실하게 내 버리면 나는 어떻게 하란 말인가? 죽으라는 건가? 허허. 힘들면 언제라도 그만두고 뛰쳐나와. 자네와 놀아 줄 준비는 언제나 되어있으니까.

저에게 잘 늙어가는 것이 어떤 모습인지, 노인의 품위가 무엇인지 보여 주셨어요. 돈이나 명성과 관계없는 사람 자체의 중요함을 이제 알아요. 그곳에서도 변함없이 살아가실 거라 믿어요. 건강하세요.

언젠가 사람도 나무와 같을 수 있다는 말씀을 해 주신 게 인생의 지표가 되었지요. 변함없는 모습으로 같은 자리에 있는데 사실은 그렇지 않아서 매년 늘어나는 나이테처럼 겉은 낡고 세

월의 때를 입지만 그 속에서는 매 순간 새로운 세포가 자라나고 열매와 잎을 만들어 동물과 곤충의 먹이로 제공하고 자신의 일부를 죽여가며 살아간다고 했었죠. 저도 그렇게 속사람이 살아나는 경험을 하기 시작했답니다. 나중에 그곳으로 가게 되면 봬어요.

야, 이런 식으로 배신을 때리다니 너무하군. 재미있게 같이 놀아줄 친구 하나가 이렇게 허무하게 가버리면 곤란하지. 죽은 것도 아닌데 마치 죽으러 가는 것처럼 날 슬프게 만들고 말이야. 이제라도 마음 돌려라. 애들이 눈에 밟히지도 않냐?

한때는 이 사람이 내 사람인가 싶기도 했었는데, 그래서 더 마음이 아프네요. 모쪼록 그곳에서도 마음 주고받을 사람들을 만나 진심을 나누며 살아갈 거라고 믿어요. 나한테 주었던 사랑과 위안과 배려와 웃음을 기억할 거예요. 당신은 아까워요.

많은 이야기를 나누지 않았지만 온화한 미소와 총총한 눈동자를 바라보는 것만으로도 많은 위로가 되었어요. 노인들에 대한 왜곡된 증오를 가졌던 제게 적잖은 충격을 주셨죠. 잘 지내시기를 바래요. 저는 할아버지 같은 친구를 자랑스럽게 생각할 겁니다. 잘 가요, 늙은 친구.

다시 돌아와요. 나랑 놀아요.

기다리고 있을 겁니다. 이 세상 아니라 저 세상에서라도 우린 꼭 다시 만납시다. 거기서 있었던 재미난 이야기 다 들려주어야 합니다. 기대하고 있겠습니다.

몸은 떨어져 있어도 마음은 함께 할 수 있다는 게 뭔지 가르쳐 주셨는데, 이제는 오랫동안 제대로 경험하라고 이렇게 떠나버리는 겁니까? 내 마음의 일부를 가져가시는 것으로, 당신의 마음 일부를 떼어서 내가 가진 것으로 알고 있겠습니다.

아빠는 사람들에게 일일이 답하지 않았고 한 사람씩 꼭 안아주며 인사를 대신했다. 몇몇 사람들의 어깨가 흔들리기도 했다. 먼 길을 가는 사람은 그런 건가? 아빠는 눈물을 흘리지 않고 담담하게 사람들을 떼어냈다. 포옹을 풀고 마지막 인사를 나누는 사람들의 눈동자가 일렁거렸다.

고맙습니다. 개별적으로도 다 이야기했지만 우리의 만남은 이미 이별을 전제로 한 겁니다. 이제 관계가 완성된다고 해야겠네요. 그리고 또 이것이 인연의 마지막도 아닙니다. 그건 영원하지요. 이렇게 나이를 많이 먹으면 두 가지가 한꺼번에 보입니다. 아, 형님에게는 미안하네요. 하나는 순간의 무한한 확장입니다. 어떤 특정한 순간을 무한히 깊이 음미할 수 있게 됩니다. 해 보세요. 좋습니다. 다른 하나는 아주 긴 시간을 덩어리째 멀리서 바라볼 수 있다는 겁니다. 그건 과거의 일이건, 내 일이건, 다른 사람의 일이건, 미래의 일이건 그렇게 보입니다. 나는 지금 이 순간도 영원하다고 느끼고 있습니다. 나에게 건네는 눈빛이 너무나 아름다워서 정신을 잃을 지경입니다. 슬픔을 이렇게 승화시킬 수 있는 친구들이 그리울 겁니다. 내 일은 내가 알아서 할 테니 걱정 말고 충일한 하루하루를 보내며 살아가세요.

　　오빠네는 별채로 갔고 나와 아빠는 아웃랜드로 가지고 갈 소지품을 챙겼다. 52권의 책. 반복해서 읽었던 인생 책이 상자에 차곡차곡 담겼다. 매일 읽을 책 365권을 정했다며 환한 미소를 짓던 사람. 매일 아침 그날 만날 작가와 읽을 책에 대한 설렘을 함께 느끼며 월별로 분류된 책장을 정리하면서 반나절을 보낸 적이 있었다. 결혼하면서 엄마가 가지고 왔다는 책도 많이 있었고, 책의 앞쪽 내지에 자필로 적은 구입일자와 구입처는 아직도 선명해서 볼 때마다 시간여행을 떠나는 기분이 들었다.

아빠는 거기서도 책을 많이 읽겠죠?

그래, 시간이 허락하는 한. 약간 한국식으로 서둘러 진행한 부분도 있어서 안정될 때까지는 여유가 없겠지만.

너무 무리하지 말아요. 나는 아빠가 쉬러 가는 줄로만 알았거든요.

그건 맞다. 각자 역할은 있겠지. 어떤 사람은 돌봄을 받을 수밖에 없는 상황에 처하기도 하겠지만, 기본적으로 모두 같은 결말을 기다리는 거니까. 그건 쉬는 거지. 쉬면서 기다리면서 소일한다고 생각한다.

마지막 책을 종이상자에 담으며 아빠가 살짝 윙크를 했다. 내가 선물한 책 한 권도 아빠와 함께 떠나게 되었다. 오빠가 다시 들어왔다.

애들이 잠들었나 보구나.

아뇨, 안 자고 할아버지한테 간다고 졸라서 지금 애들 엄마가 재우고 있어요.

그렇구나.

손주들 보고 싶을 텐데.

아빠의 눈동자가 조금 흔들렸다.

자, 이리 와라. 너희들에게 줄 건 역시 책 밖에 없구나. 세상에 세 권씩 밖에 없는 책이다.

오빠와 나의 손에 들린 책은 아빠가 40대 중반부터 만들기 시작한 개인적인 글쓰기의 결과물이었다. 1년간 작성한 일기, 독후감, 짧고 긴 글을 모두 모아 연말에 책으로 엮었다. 내가 초등학교 3학년 때 처음으로 그 책을 받을 수 있었다. 두 번째 책부터는 나도 읽기 시작했다. 연초에 담임선생이 읽을 책을 학교에 가져오라고 했을 때는 그 책을 가방에 넣고 다녔다. 내가 좋아한 부분은 내가 기르던 애완동물이 등장인물로 나오는 수필이었다. 사춘기 시절을 지나면서는 매년 다른 색의 표지로 만들어진 책을 처음부터 끝까지 읽곤 했다. 세상에 알려지지 않은 내밀하고 안타깝고 사랑스럽고 충격적인 이야기가 담겨 있었다. 한동안 책을 만들지 않은 줄 알았는데 아빠는 자신과 한 약속을 지금껏 지켜오고 있었던 셈이다.

아버지, 거기서도 글은 계속 쓸 거죠?

그렇겠지? 머리와 손 둘 다 멀쩡한 상태라면. 매일 별다를 것 없는 시간으로 채워지겠지만, 생각은 그렇지 않을 수도 있으니까.

그럼 그 책도 우리한테는 주는 건가요?

그래, 결국은 너희들에게 돌아갈 거다.

아이들을 재우고 온 언니도 합류했다. 우리는 맥주를 마셨다.

밤을 새우며 끝없이 이야기를 나누고 싶었지만 떠날 사람을 위해서 참았다. 나는 작은 방 침대로 올라가 누웠지만 한참을 뒤척이다가 아빠가 준 책을 펼쳐 들고 읽기 시작했다. 일상에서 발견하는 기이한 생각에서부터, 지난날을 추억하는 이야기, 나는 몰랐던 나에 대한 아빠의 마음, 혼자서만 간직하고 싶은 이야기, 그리고 어떤 부분은 오빠나 나에게 남기고 싶은 말이었다. 30년 가까이 매년 모아 둔 책 속에서 나와 관련된 글을 다 모으면 그건 나에게만 남긴 유언이 된다. 최근의 기억부터 오래된 추억까지 역순으로 점점 어려지는 나를 만났다. 물론 아빠의 생각 속에 존재하는 나였다. 오해도 있었고, 그때는 알지 못했던 깊은 사랑도 발견했다. 책과 함께 흐르던 기억이 유치원 시절로 접어들 즈음 잠들었다.

아침부터 싸늘한 가을 보슬비가 내렸다. 크지도 않은 상자 세 개가 전부인 아빠의 짐을 차에 실었다. 운전하는 오빠도, 옆에 앉은 아빠도, 그 뒤에 앉은 언니, 나, 조카들도 말이 없었다. 아웃랜드는 강원도와 경기도의 경계 근처 해발 700미터에 위치한 햇살이 잘 드는 산기슭에 자리하고 있었다. 평일이라 국도는 한적했다. 근처에 도달할 즈음 비는 그치고 높고 낮은 산봉우리들 사이로 햇살이 간헐적으로 비치기 시작했다. 그곳은 감옥도 아니고 군부대도 아니고 수용소도 아니기 때문에 높은 담장도 철책도 없었다. 경계는 둔덕과 교목으로 적당히 위요되어 있었다. 정문은 소박하고 단순한 콘크리트 건물이었고 한 쪽에 경비실이 일체형으로 연결되어 있었다. 입구를 지키는 사람도 노인이었다. 아빠는 한 사람 한 사람 길게 포옹한 후 밝은 미소를 지었다. 아빠가 나를 안아 줄 때는 결국 울음이 터지고 말았다. 영영 못 볼 것만 같은 두려움이 밀려왔고 아빠를 놓기 싫었다. 조카들이 다가와 나를 안아주었다. 아빠를 잃어버리는 꿈을 꾸었던 어린 시절의 슬픔이 중첩되었다.

아빠, 정말 갈 거야? 안 가면 안돼? 아빠가 얼마나 필요한지 앞으로도 얼마나 그리워할지 뻔히 알면서.

몇 달 내내 거의 매일 아빠를 보고, 아빠가 만든 음식을 먹고, 아빠에게 음식을 만들어 주고, 수많은 말을 주고 받고, 자는 모습을 바라보고, 말없이 평화로운 얼굴과 연갈색 눈동자를 바라보았지만, 다가올 그리움을 없앨 수는 없었다. 아빠는 말이 없었다. 내가 포옹을 풀고 흐느낌이 잦아들 때까지 가만히 서 있었다. 다시 올려다 본 아빠의 얼굴은 더 평온해 보였다. 나는 울음을 삼켰다. 돌아서는 나를 바라보던 오빠도 언니도 조카들도 다 눈이 빨개져 있었다. 오빠가 나를 안아 주었고, 언니가 등을 쓸어 주었다.

이제 차를 타거라.

할아버지, 방문일정 나오면 꼭 미리 연락해요.

그래. 사무국에서 한 달 전에 알려줄 거야.

꿈에도 나와 줘요.

노력하마.

오빠는 천천히 차를 몰았고, 우리는 아빠가 시야에서 사라질 때까지 시선을 떼지 못했다. 돌아가는 내내 침묵했다. 그리움은 바로 자라나기 시작했다.

개장 시 입주할 인원은 의외로 적어서 120명 정도였다고 한다. 언론 기사는 혼란스러웠다. 특히 당사자가 될 수도 있는 일부 노년층의 반발이 거셌다. 정치인 중에는 목숨을 걸고 이 운동을 막겠다는 사람도 있었다. 물론 진실을 알아보는 사람들도 있었다. 아빠가 한 라디오 프로그램의 인터뷰에 응했는데 아나운서가 대담을 마무리하며 이렇게 말했다.

저도 곧 노인이 됩니다. 자연스럽게 몸과 마음이 쇠하게 되겠죠. 아직 잘 모르겠습니다만, 오늘 대담을 통해 느낀 점이 많습니다. 저를 포함해서 노년을 바라보는 분들이 몸과 마음을 준비하는 데 도움이 되었기를 바랍니다.. 모쪼록 하시는 일이 큰 성과를 거두었으면 좋겠습니다. 오랜만에 존경할만한 어른을 만나서 반가웠습니다.

찬반 토론도 몇 차례 있었다. 격분한 반대파 사람들은 고성을 지르기도 했다. 온전히 자발적인 선택임을 강조했지만 이미 마음을 닫아 버린 사람들에게 그곳은 노인들을 격리해 가두어 버리는 수용소 이상도 이하도 아니었다. 아빠는 그런 일과 상관없이 설립 준비에 매진했고 사람들과 함께 차근차근 일을 진행시켰다. 노인 복지를 관할하는 정부기관에서도 예의주시했었는데 나중에는 별 간섭을 하지 않았다. 정부 입장에서는 돈 안들이고 노인문제의 일부를 해소할 수 있기 때문에 반대할 이유가 없었다. 하지만 별다른 지원도 없었다. 성공적으로 자리잡기 전까지는 그렇게 한 발 물러서서 모니터링만 할 모양이었다. 신청자가 예상보다 적었던 가장 큰 이유는 입주하기 전에 재산을 다 처분해야 한다는 규정 때문이었다. 그렇다고 애써서 독거 노인이나 극빈 노인층에 접근해 사람을 모으지도 않았다. 첫 입주자들 중에는 유명인사도 찾아보기 어려웠다.

아빠에게는 재산이 거의 없었다. 은퇴하고 얼마 지나지 않아 오빠와 나의 통장에 아빠의 마음을 담은 돈을 송금했고 나머지는 모두 기부했다. 별다른 경제교육을 받지는 않았지만 어렸을 때 종종 들은 이야기가 있다. 나는 자동응답기처럼 대답하곤 했다.

딸, 돈은 왜 벌지?

쓰려고 버는 거지.

그래 맞다. 돈은 잘 쓰려고 버는 거야. 아무리 많이 벌어도 쓰지 않으면, 또 잘 쓰지 않으면 안 번 것만도 못해.

그렇다고 사치스럽게 살지도 않았다. 초등학교 시절 내가 뭘 사달라고 하면 아빠는 대부분 거절하지 않고 다 사줬다. 그런 사람이 검소하게 산다는 사실을 처음 알게 된 일이 있었다. 아파트 단지에 사람들이 쓰다가 내놓은 가구를 들여놓은 적이 있었다. 새집으로 이사했는데 거실에는 예전 작은 집에서 쓰던 소형 소파만 있었다. 어느 날 저녁에 산책하다가 누군가 내다버린 4인용 소파를 발견했다. 가까이 가보더니 이리저리 세워 보고 뒤집어 보고 바닥까지 꼼꼼하게 살펴보고는 나를 보고 미소를 지었다.

이거 얼마 전부터 사려고 했던 소파와 같은 거다.

그래? 잘 됐네. 그런데 어떻게 들고 가지?

네 오빠한테 말해 보자.

집으로 올라가 오빠에게 부탁을 했다. 오빠는 그냥 사면 안 되냐고 했지만 우리에게 수고비를 주겠다고 하자 따라 나섰다. 셋이서 여러 차례 낑낑대며 올려 놓은 소파는 수년간 거실에 놓여 모든 대화의 배경이 되었고 한동안 아빠와 내가 침대로 썼다. 다른 소소한 가구는 인터넷이나 모바일로 조립식을 구입했고 아빠가 가구의 위치를 맞추면 내가 전동 드릴을 들고 조립했다. 내가 아주 작은 꼬마였을 때 완성된 책장 안에 쏙 들어가 깔깔대며 웃던 기억이 난다. 그런 아빠지만 오빠나 나의 생일 때는 돈을 아끼지 않았다. 오빠의 초등학교 시절 마지막 생일에는 친한 친구를 모두 중국집으로 초대했다. 나도 내 친구와 같이 갔었다. 큰 방 하나를 통째로 빌렸고 아빠는 아이들이 먹고 싶어하는 음식을 다 사주었다.

아빠는 40세가 되면서부터 하루에 두 끼만 먹기 시작했고 50세 이후로는 한 끼만 먹었다. 점심을 먹으면 저녁을 안 먹고 점심을 안 먹으면 저녁을 먹는 식이다. 제대로 된 식사를 제한적으로 하면 간식 등 다양한 주전부리에 대해 자유로울 수 있다며 다른 사람들에게도 권했다.

젊었을 때는 맛있는 게 있으면 먹고 배고파도 먹었지. 늙으면 맛도 있고 배도 고파야 먹는 거야.

아, 그런가요? 그래서 내가 살이 찌는구나.

먹는 즐거움을 포기하지는 마. 대신 천천히 먹어. 입이 고생하고, 속이 편해야 뇌도 살고 내장도 살지.

아빠와 나눈 모든 이야기는 그렇게 뜬금 없이 떠오르곤 했다.

4
재회

한 달여가 지난 주말 아침, 추모관에서 메시지가 왔다. 아빠를 보러 오라고 적혀 있었다. 아빠가 거기로 찾아온 건가? 혹시 추방? 통화 버튼을 누르기까지 몇 초간 여러 생각이 한꺼번에 떠올랐다.

아저씨, 무슨 일인가요?

나는 인사도 생략하고 다그쳤다.

놀라지 말아요. 형님 조각상이 다 완성되었어요. 어머님 옆에 같이 두었으니 와서 보라고 연락한 겁니다.

아, 네. 알겠습니다.

나는 대충 옷을 걸쳐 입고 추모관으로 향했다. 새로운 조각을 만들 때마다 작업하는 예술인들이 모여서 막 완성된 조각을 옮겨 놓고 최종 손질을 하고 있었다.

두 분이 잘 어울리죠?

그러네요. 사모님은 30대 초반의 얼굴이 맞는데, 선생님은 나이를 가늠하기가 어렵군요.

모발은 반백이지만 전반적으로 신체는 젊은이와 크게 다르지 않아요. 실제로도 그러셨으니까요.

가까이서 눈을 바라보면 연륜을 느낄 수 있어요.

아, 따님이 왔군요.

오랜만입니다.

네, 이번에도 애쓰셨네요.

아닙니다. 이번엔 특히 선생님 몸을 만드는 거여서…… 감정이 올라올 때가 너무 많았거든요. 그래서 좀 힘들었어요.

좀 살펴보세요, 어떤지.

선생님 얼굴은 따님이 가장 잘 알고 있으니까.

얼마 전 꿈에 아빠가 나왔어요. 이렇게 보니까 더 그리워요.

아, 그랬었구나.

아빠의 형상을 충실하게 재현한 조각을 눈앞에서 보고 만질 수 있게 되었지만 실체를 보고 싶은 마음은 조금도 줄지 않았다. 아빠는 아웃랜드로 떠나면서 추모관 측에 자신을 죽은 것으로 간주하고 절차를 밟아달라고 부탁했다고 한다. 그래서 조각도 만들게 된 거였다. 하긴 그건 아웃랜드의 운영방침에 부합하기도 했다. 단지 엄마 곁에 놓아달라는 것 말고는 특별한 요청 사항도 없었다.

두 분이 특별하고, 또 설립자이기도 하시니까 별도로 좀 큰 공간을 할애해서 만들까 생각하기도 했지만, 생전의⋯⋯ 아 미안합니다. 아직 살아 계신데⋯⋯. 그동안 들려주신 말씀을 떠올려보면 그렇게 하지 않는 것이 좋겠다는 결론을 얻게 되었습니다.

나는 오후 내내 그곳에 머물렀다. 엄마와 아빠 사이에서 어린아이처럼 빈둥거리며 시간을 보냈다. 향이 좋은 커피를 여러 번 가져다 마시면서 황혼이 두 사람을 물들일 때까지 있었다.

계절이 몇 번 바뀌었다.

시간은 느리게 흘러갔다.

마침내 기다리던 순간이 찾아왔다.

고모 눈에 벌써 눈물이 맺혀 있어요. 아직 할아버지 만나지도 않았는데.

내 맘이야. 내 눈물은 내 맘대로 흐르거나 멈추는 게 아니거든.

그럼 누구 맘이에요?

눈 맘이지.

고모는 눈에도 마음이 있나 봐.

그러게, 신기하다.

빨리 할아버지 보고 싶다.

오빠, 아빠는 더 늙었겠지?

글쎄, 맘 편하게 지내셨으면 그렇지 않을 수도 있지.

그랬다면 다행이지만. 언론에서 심하게 비판적으로 기사를 내보낸 적이 있었잖아. 그 여파로 얼마간 지원자도 거의 없었대.

나쁜 사람들이더라고. 자기들 생각이랑 다르다고 그런 식으로 악의적인 기사를 내보내고 말이야.

하여간 그쪽 사람들은 달라지는 게 없어. 아빠가 그런 일에 영향을 받았을 지도 몰라.

그러게. 운영위원이니까 무관하지는 않았겠지. 그래도 아버지가 쉽게 휘둘리거나 하지는 않았을 거야.

너무 걱정 말아요. 변함없는 모습으로 우릴 맞아주실 거예요.

엄만 그걸 어떻게 알아?

사람은 쉽게 변하지 않는다고 하지? 그 말이 할아버지에게 딱 맞는다는 건 너희들도 알 수 있을 텐데. 안 그래?

그러네.

그런데 할아버지는 변하기도 했어요. 맨날 책 읽고 사람들하고 모여서 같이 공부하고. 그러지 않았나요?

그 말도 맞다.

너희들이야말로 많이 변했지. 할아버지가 보면 놀라실 거야.

이제 다 왔다.

입구는 아빠를 배웅했을 때와 달라진 게 없었지만 5월을 맞아 만발한 꽃나무 덕분에 화사한 느낌이었다. 어려 보였던 나무들은 지나간 시간만큼 키가 자랐고 그 속에 깃들인 이름 모를 새들도 오랜만에 사람들을 보는지 바쁘게 움직였다.

어서 오십시오. 일찍 오셨군요. 길 따라 조금만 올라가면 방문자 센터가 있습니다. 거기서 등록하고 방문증을 받으면 됩니다.

나는 조카들을 설득, 이라기보다 협박했고, 방문기간 동안 아빠의 숙소에서 머물기로 했다. 대신 오빠네는 아웃랜드에서 멀지 않은 곳의 펜션을 예약해 두었다. 기다란 상자 모양의 방문자 센터는 가까이 다가가서 보니 목조 건물이었다. 전날 비가 내렸는지 외벽은 물기를 품고 있었다. 안에서 소란스런 소리가 들렸다.

글쎄, 오늘은 안 된다고요. 가족들이 온다니까.

아, 진짜 막무가내구먼. 어떻게 해야 하나.

데려가긴 누가 데려간대요? 그냥 방문하러 온 거라고요.

아니, 오랜만에 아들네랑 손주들이랑, 딸이 왔는데 거기 언니가 왜 껴요. 사흘 동안이니까, 나랑 지냅시다, 네?

무척 마른 체구의 한 할머니를 다른 할머니가 거의 끌다시피 어디론가로 데려가고 있었다. 그들이 멀어져 가는 모습을 말없이 바라보던 노인의 뒷모습이 보였다.

아빠!

오~, 왔구나.

할아버지.

아버님.

아버지.

잘 왔다. 어디 보자, 이 녀석들. 그새 이렇게 많이 자랐구나. 이제 곧 나보다 커지겠는걸. 어이쿠, 넘어지겠다. 살살해라.

조카들이 아빠와 엉켜 있는 동안 어른들은 잠시 비켜 서 있어야 했다. 변함없는 모습이었다. 잠시 뒤 아이들이 건물 탐험에 나선 후에야 아빠와 마주했다. 잠시 바라보고 나서 아빠를 안았다. 냄새와 따뜻한 품은 변하지 않았다.

넌 그대로구나.

아빠는 더 말랐어요.

그런가? 요즘 거의 채식을 하고 있어서.

여기선 고기 안 줘요?

그건 아니고 내가 고기 섭취량을 줄이고 있다.

오빠와 언니도 아빠와 포옹했다.

마르시긴 했는데 혈색은 괜찮아 보여요.

그래요, 아버지. 걱정 많이 했는데. 일단 안심이네요.

걱정은 무슨 걱정. 여긴 거의 완벽한 세상이다. 여기 앉아서 차 한 잔씩 하고 안으로 들어가자. 박선생, 여기 차랑 서류 좀 가져와 주세요.

근데 방문객은 우리밖에 없어요?

아마도. 방문객이 많지는 않다. 대부분 그런 일에는 신경 안 쓰고 살지.

그럼 진짜 가족이나 외부 세계와 완전히 단절된 상태로 사는 거네요.

그렇지.

아빠는 절대 그러면 안 돼요, 알죠? 우린 매년 올 거니까.

그래, 알았다.

차가 나왔습니다. 다르질링 티로 드십시오.

감사합니다.

맛있게 드세요. 여기 서류에 인적 사항 기록하고 서명하시면
됩니다. 자녀분들은 대리 서명하시고, 체류하실 분은 여기 표기
하고 이 패찰을 패용하시면 됩니다. 어느 분이? 아, 따님이. 얘
기 많이 들었습니다. 무척 각별하다고 생각했는데 역시……. 조
카들을 이기셨군요.

네, 그래야죠.

향이 좋아요.

이제 얼마 안 남았다. 인도에 다녀온 사무국 인원이 놓고 간
거라서.

근데 여기 건물은 다 이렇게 목조로 지은 건가요?

다는 아닌데 목조건물이 많기는 하지.

관리하기 힘들지 않나요?

그런 면도 있지만 그 때문에 소일거리가 있어서 좋기도 하다.
운동도 되고. 실제로 나무는 언제나 살아 있지. 집하고 대화하
는 사람도 있다.

할아버지, 그건 치매잖아요.

하하, 농담이다.

근데, 아까 두 할머니가 다투는 모습을 봤어요. 아빠는 그냥

지켜보기만 했고. 누군가요? 아빠가 아는 사람들이죠?

음, 그 얘기는 좀 길다. 나중에 얘기해 주마. 일어날까? 투어 시켜줄게.

야, 신난다.

여기 들어온 이후로 하루도 빠짐없이 산책을 했는데 언제나 새로운 느낌이었다. 묘한 영원성을 품은 곳이어서 더 특별하지. 원래부터 있던 나무를 최대한 보존하려고 세심하게 마스터 플랜을 수립했다. 그래서 결과적으로 건물 사이사이 동선이 길어 졌지만, 노인들에겐 운동도 필요하니까. 지금은 다들 잘 됐다고 한다.

나무를 자세히 살피던 조카가 무언가 발견하고 다가갔다.

할아버지, 저기 다람쥐가 있어요.

그래? 아, 송이랑 산이구나.

이 도토리를 손바닥에 올려놓고 가만히 앉아서 기다려 봐라.

조카들은 나무 밑에 쪼그리고 앉아 다람쥐들을 기다렸다.

어, 가까이 와요.

손으로 올라왔어!

히히, 간지러워.

와~ 사람을 전혀 안 무서워해요.

여긴 다 착한 노인들만 있어서 그렇지 않을까?

안 그런 사람은 없어요?

지금은 없다.

그간 못 본 시간만큼 할 말이 많은데 그곳 생활에 대한 궁금증까지 더해지고 있었다. 도토리를 볼에 저장한 다람쥐들은 눈을 반짝이며 우리들을 번갈아 바라보더니 근처의 나무 위로 쏜살같이 올라갔다.

아웃랜드의 전체적인 모습은 남북으로 긴 장방형의 잔디정원을 건물들이 둘러싸고 그 주위를 다시 숲이 감싸 안은 형태였다. 단절되었다기보다는 외부로의 조망이 가능하도록 시야가 적당히 열려 있어서 편안한 안정감을 느낄 수 있었다. 새로 지은 시설이 분명하지만 외벽과 지붕과 각 건물을 연결하는 길 위에는 시간이 내려앉아 있었다. 햇살 좋은 날 편안하게 쉴 수 있도록 중정 안에는 몇 그루의 나무와 벤치가 자연스럽게 짝을 이룬 쉼터도 몇 군데 보였다. 북쪽 끝에는 크고 작은 두 개의 건물이 나란히 자리를 잡고 있었다. 식당동은 하루에 한 번 제공되는 공식적인 식사인 점심시간에 모든 입주자들이 모여 여유 있게 식사할 수 있을 만큼 넓고 쾌적한 분위기였다. 작은 마당을 사이에 두고 자리잡은 사무동에는 커다란 창이 사방에 나 있었다. 마당과 연결된 오르막을 조금 올라간 곳에 아빠가 관리한다는 카페가 보였다. 식사를 마친 입주자들이 차를 마시며 휴식을 취하는 모습을 상상할 수 있었다. 중정의 동쪽과 서쪽에 남북으로 길게 줄지어 배열된 숙소용 건물들은 모양이 조금씩 달랐다. 치매에 걸렸거나 기억력이 좋지 않은 노인들이 자신의 집을 쉽게 찾을 수 있게 배려했다. 규모는 다르지만 모두 남쪽으로 널찍한 창을 냈고 문을 열면 나무가 깔린 테라스로 바로 나갈 수 있어서 거동이 불편한 사람도 햇살과 신선한 공기와 계절의 변화를 충분히 즐길 수 있다. 모든 건물에 자연채광과 자연통풍을 적용했고 효율적인 난방을 위해 창문에는 돈을 아끼지 않았다고 했다. 숲 속 산책로로 이어지는 길이 간헐적으로 나 있었고 계절의 변화를 느낄 수 있도록 초화류를 심은 정원도 보였다. 남쪽에는 공동 작업장과 작은 농장이 있었다. 숙소는 삼분의 이 정도 채워졌고 향후 인원이 늘어나게 되면 증축할 유보지도 고려했지만 단시일 내에 그럴 일은 일어나지 않을 거라고 했다. 우리가 들어온 입구는 서쪽 숙소 건물 사이로 연결되어 있었다. 이미 나 있던 시골길과 매입한 부지의 기존 환경을 해치지 않고 자연스럽게 건물을 배열한 결과였다. 설계 과정에서 나온 여러 대안 중에는 중세의 수도원 건축과 우리나라의 전통 가옥이나 사찰건축의 구성 기법을 차용한 방안 등 여러 가지가 있었는데 계획안을 반복적으로 다듬은 결과물에 준비위원들이 만장일치로 동의한 후 설계안이 확정되었다고 한다. 그 과정이 어렵지 않았느냐고 물었더니 아빠는 미소를 짓기만 했다. 세상에 쉬운 일은 없다.

아빠가 미리 얘기해 줘서 다들 준비해 간 외투를 꺼내 입어야 할 정도로 서늘한 숲이었다. 매일 하는 산책이 항상 새롭다는 말을 이해할 수 있었다. 아까 아이들의 손 위로 올라왔던 다람쥐들은 우리와 앞서거니 뒤서거니 산들바람을 받아 잎사귀 스치는 소리에 감싸인 나무를 타며 우리를 따라왔다. 아빠는 모든 샛길과, 어디에 어떤 새가 둥지를 틀었는지, 어떤 나무가 어떻게 자라나고 있는지, 어디에 가면 멋진 장면이 펼쳐지는지 다 알고 있었다. 중간중간 멈춰 서서 '자, 여기는 말이야' 하고 시작하는 흥미진진한 얘기를 들려주었다. 같은 이야기를 함께 산책하는 친구들에게도 이야기한다고 했다. 중증 치매 노인들에게 반복해서 들려주는 이야기는 상당히 쓸모가 있다며 웃었다.

산책을 다 마치는 데는 두 시간 가까이 걸렸고, 우린 조금 지쳐 있었다. 식당에서는 식사준비가 한창인지 맛있는 냄새가 퍼져 나오고 있었다. 우리는 냄새를 따라 이동했다. 몇몇 입주자들이 모여있는 식당 앞쪽의 테라스에 도착해 빈 벤치에 앉아 중정을 바라보며 햇살을 즐기며 쉬었다.

아들 딸이 온다고 하셨는데 손주들도 같이 왔군요. 좋으시겠습니다.

아빠보다 조금 젊은 할아버지가 다가와 인사했다.

오늘은 뭐가 나오려나. 형님은 요즘도 채식 위주로 하죠?

그렇지, 몸이 가벼워지니 좋아. 동생도 좀 바꿔 봐.

아, 난 못해요. 하루에 두 끼는 고기를 먹어야 산다고요. 내가 여기서 일을 제일 많이 하는데 이 사람이라도 고기를 먹어 줘야지요. 안 그래요?

하하, 그렇지.

식당 안에는 백여 명의 노인들이 앉아 식사를 하고 있었다. 음식은 정갈했다. 나는 아까 소란을 피웠던 두 할머니가 있는지 살펴보았는데, 우리가 식사를 마칠 때까지 나타나지 않았다. 조카들도 음식이 입에 맞는지 잘 먹었고, 언니는 음식 하나하나를 음미하며 생각에 잠긴 표정으로 아빠에게 이것저것 물어봤다.

식재료 대부분은 유기농으로 재배한 거다. 몇 가지는 직접 수확한다. 계란은 여기서 관리하는 닭장에서 조달한 거야.

식사하고 닭장 보러 가도 되죠?

그럼, 병아리 만지며 놀 수 있다.

들뜬 아이들의 손놀림이 빨라졌다.

손을 떨거나 기력이 약한 노인들의 곁에는 건강한 사람이 나란히 앉아 도움을 주면서 천천히 자신의 식사도 동시에 하고 있었다. 그런 모습조차 여유 있고 자연스러워서 누가 누구를 돕고 있다고 느껴지지 않았다. 식사를 마친 노인들은 대부분 우리가 앉은 테이블로 와서 인사를 나누고 돌아갔다. 그들의 눈빛에는 약간의 부러움과 어딘가에서 살고 있을 그들의 자녀에 대한 그리움이 배어있는지도 몰랐다. 그 마음을 아는 아빠는 말없이 옅은 미소만 지었다. 우리는 식당 옆의 언덕에 남쪽을 향해 열린 구조로 설계된 카페로 올라갔다. 아빠는 주방으로 들어가더니 분주하게 움직이며 몇 가지 기계를 조작해 커피를 직접 내렸고 마쉬멜로를 올린 핫초코까지 만들어 가져왔다. 커피에서는 속 깊은 향이 퍼져 나왔고 아이들이 두 손으로 감싸 안은 핫초코는 많이 달지 않고 부드러웠다. 음식이 만드는 사람의 마음을 반영한다고 했던가? 그렇다면 아빠는 이곳에서 잘 살아가고 있다.

모든 움직임과 장면이 여유 있게 느껴지는 곳이라 시간이 느리게 흐른다고 느꼈지만 사실은 그렇지 않았다. 벌써 반나절이 훌쩍 지나가버렸다는 생각을 했다.

아버님, 여기가 좋으시죠?

그럼, 이런 데가 어디 있을까 싶다.

아빠의 오두막하고 거의 비슷하지 않아요? 규모가 훨씬 크다는 게 다르긴 하지만.

비슷하면서도 다르지. 거기서는 홀로 있는 시간이 많았지만 여기서는 함께 하는 시간이 더 많다. 책을 읽고 글을 쓰는 시간이 많이 줄었어.

뭐예요, 쉬러 온 것 아니었어요?

난 오히려 일하러 온 셈이야. 아니, 움직이면서 쉰다고 할까? 지금은 내가 방문객을 맞이하는 기간이라 내일 모레까지는 열외지만 말이야. 이 카페도 거의 내가 맡아서 해.

그렇구나. 할아버지는 진짜 여기 일군인 거네요.

우리도 도울 수 있는데.

너희들이 뭘 돕니?

우리도 서빙 같은 건 할 수 있어요.

청소도 할 수 있어.

돈 계산도 할 수 있고

아 참, 여긴 돈이 없죠?

그래, 돈 거래가 없어. 모든 물건은 이동할 뿐이지.

물물교환?

좀 다르다. 준 만큼 돌려받는 등가 교환 방식이 아니기 때문이야. 서로 균형을 맞추려는 노력은 하지 않는다. 필요를 채운다, 채워 준다는 의지에 따를 뿐이지.

아버지, 혹시 급하게 일해야 할 게 있으면 얘기하세요.

지금은 딱히 그런 건 없다. 시간 나면 공방에 들러서 애들하고 가구 만들면서 놀아도 좋겠구나.

목공도 해요?

그래. 튼튼한 사람들이 자르고 손재주 있는 사람들이 장식을 맡아서 한다. 꽤 수준이 높아서 판매해야 되는 것 아니냐고 하는데 나는 반대다. 그냥 우리가 쓴다. 이 카페의 가구는 우리가 직접 만들었어.

와, 그렇구나.

여기 좀 봐. 의자 구석구석 다 장식이 있어.

그건 바로크 스타일이 접목됐지. 이 테이블은 미니멀리즘을 따랐고.

아빠, 말동무도 있어요?

글쎄다. 말동무야 있지. 근데 깊게 말을 섞는 친구는 많지 않구나. 내 나이가 되고 나면 깊이도 별 의미가 없어. 다 해봤으니까 다시 파고들기 싫고 다 뻔해 보이기도 하고. 그런 건 다 공감하는 부분이기도 하지.

그건 치열하게 찾아 본 사람이니까 그렇죠. 몰라서 못하고 안 해서 모르고. 나이만 들어버린 사람도 많아요.

아빠는 고개를 돌려 햇살이 쏟아지는 바깥을 내다봤다.

어, 아까 그 다람쥐들이야!

마당을 내다보던 아이들이 소리쳤다. 아이들이 달려나갔고, 어른들도 자리에서 일어났다.

애들 할아버지 친구죠?

알아챘구나.

처음부터 그랬어요?

아니다. 처음엔 경계심이 좀 있었지. 이젠 이 아이들도 내가 어떤 사람인지 잘 안다. 이 과자를 좀 주거라. 내가 만든 쿠키도 좋아한다.

이것 봐요, 안 삼키고 볼에 집어넣었어요.

항상 그런단다.

와, 다 만져져. 터질 것 같아. 하하.

귀여워.

근데 애들은 우릴 처음 만났고 아직 우리에 대해서 잘 모를 텐데. 이렇게 하나도 안 무서워하고 다가오다니 신기해요.

야, 그 얘기 기억 안나니? 친구를 보면 그 사람을 알 수 있다.

응?

그게 중요하지. 여기서 가장 많이 느끼는 거야. 우리는 각각 떨어져 있는 개인이기도 하지만 결국은 하나라는 생각 말이야. 어떤 경우는 서로 떨어진 존재인데 완전히 한몸처럼 살아갈 수 있다는 믿음도 점점 강해진다.

그런 게 가능해요?

여기서 살다 보면 더 쉽게 될 수도 있지. 왜냐하면 서로의 상태가 많이 다르지 않아서야. 밖에 있었다면 다른 게 확연히 드러날 사람들도 여기 들어오면서 그런 외부적인 요소를 다 정리해 버렸기 때문에 훨씬 더 단순하게 서로를 향해 다가갈 수 있고 교감할 수 있지. 다른 점을 인정하긴 하지만 공통점에 더 집중하게 된다. 나와 다른 사람이 서로 객체로 인식되기는 하지만 결과적으로 하나 속의 개별적 존재임을 알면서 상대방을 대하게 되거든.

그렇게 된 분들이 많아요?

그렇게 많지는 않다. 생각처럼 그렇게 빨리 되지는 않아. 이미 그 과정에 접어든 사람들은 꽤 있지만.

여기서 살다가 돌아가신 분들도 있죠?

있었지. 첫 번째 죽음이 지금도 기억난다. 들어 올 때부터 많이 아픈 사람이었다. 머리도 다 빠지고 병원에선 포기했고. 그런데 가족이 끝까지 연명 치료를 해야 한다고 해서, 혼자 있고 싶다고 가족 몰래 들어온 사람이었어. 나중에 그 사실을 알고 추방까지 고려했었는데, 상태가 이미 너무 심각해져 있어서…….

규정이랑은 다르네요.

그래, 규정이란 원칙적인 기준이 되는 거지. 원칙은 꼭 필요해. 그래야 예외라는 게 생겨나는 거니까. 원칙이 없으면 예외도 없겠지.

그 사람은 어떻게 됐어요?

마지막 시간이 외롭지 않도록 다들 함께 했다. 나와 몇몇 사람들이 임종을 했지. 짧은 시간이었지만 친구들이 생겼으니까. 우리가 다 같이 그 친구의 몸에 손을 얹은 채로 죽었다. 죽음의 순간을 직시할 수 있는 경험이었지. 마지막 숨, 체온의 하락, 피부의 경직 같은 일련의 과정을 경험했다. 각자 언젠가는 겪게 될 죽음을 선행 학습한 셈이다.

안 무서웠어요?

무섭다기보다는 엄숙하다고 하는 게 더 낫겠구나. 그렇게 전 과정을 찬찬히 바라볼 수 있었던 임종은 처음이었으니까. 그때 같이 했던 사람들과는 가끔 모여서 얘기를 나누고 있다. 조금씩 다르긴 해도 그 일이 일종의 계기가 된 건 분명하다. 대략 긍정적인 변화라고 본다. 너무 심각해졌구나. 이제 닭장으로 가 보자. 병아리 보고 싶지?

네, 어서 가요.

닭장으로 가는 길에서 아이들은 할아버지가 길렀던 꼼지라는 병아리 이야기를 들었다. 아빠가 어렸을 때 봄마다 샀던 병아리들은 며칠 살지 못했다. 정성껏 돌봤지만 밤이면 어린 동생이 같이 데리고 자다가 압사시키기 일쑤였다. 대학교 신입생 시설 집 근처 초등학교를 지나다가 우연히 발견한 병아리 장수에게서 한 마리를 사들였다. 가족들이 살던 빌라 2층 집에 딸린 반지하에 있었던 아빠만 따로 지내던 방에서 병아리를 길렀다. 꼼지라는 이름의 병아리는 주인이 학교에서 돌아올 때가 되면 방문 틈에 바짝 다가서서 세차게 울어댔다. 조심스럽게 방문을 열면 주인을 맞이하는 강아지처럼 팔짝팔짝 뛰며 반겼다. 아빠는 병아리를 손에 올려 따뜻한 온기를 전하고, 볼을 비볐다. 한나절 만의 재회가 끝나면 부리와 눈과 복부 등을 살피며 건강을 확인했다. 다음은 청소 시간. 등교하기 전에 구석구석 뿌려둔 좁쌀과 물은 다 사라지고 꼼지가 하루 종일 내보낸 배설물이 여기저기 흩어져 있었다. 방바닥을 깨끗하게 치우는 주인의 뒤를 병아리는 졸졸 따라다녔다. 아빠는 병아리와 사람도 서로 교감할 수 있다고 믿는 사람이었다. 그렇게 한달 남짓 무럭무럭 자라났던 꼼지와의 즐거운 시간은 그리 오래 가지 못했다. 과 MT를 다녀오느라 식구들이 있는 2층에 꼼지를 맡겨 두었는데, 2박 3일의 일정을 마치고 돌아와 병아리부터 찾았지만 꼼지의 울음 소리는 들리지 않았다. 병아리는 바닥에 떨어져 있던 커다란 생선 가시를 삼켰고 그게 목에 걸려 죽고 말았다. 시신을 확인한 아빠는 절망했다. 몇 년 후 신해철이 '날아라 병아리'라는 노래를 발표했을 때 절절한 가사에 완전히 공감하고 눈물을 흘렸고, 그 노래의 기타 간주가 얼마나 완벽하게 슬픔을 표현했는지 강조하며 아빠의 병아리 이야기는 마무리되었다.

넓은 닭장에서 자유롭게 뛰어다니는 병아리들과 새끼들을 흐뭇하게 바라보는 어미 닭은 뭔가 달라 보였다. 아이들은 병아리 한 마리씩을 선물 받고 즐거워했다.

할아버지, 내일 아침에 봐요.

그래, 잘 자거라.

언니, 내일 봐요. 오빠도.

잘 자요.

그래, 잘 자라.

아버님, 편히 주무세요. 가이드 투어 좋았어요.

내가 고맙지. 아이들하고 저녁 잘 챙겨 먹고.

네, 걱정 마세요.

할아버지는 진짜 저녁 안 먹어요?

나는 오래 전에 다 컸어. 그래서 많이 먹을 필요가 없다.

그래도 너무 말랐어요.

가벼워야 움직이기 좋지 않겠어?

하긴 그렇지만.

어서 차에 타거라.

네, 고모도 잘 자요.

그래, 내일 봐.

네 식구가 시야에서 사라질 때까지 눈길을 떼지 않고 있던 아빠가 몸을 돌려 내 손을 잡았다.

우리는 서둘러야겠다.

네?

석양 바라보기 좋은 곳이 있어.

그래요? 역시.

이쪽으로 가자. 이 오솔길로 쭉 오르면 된다.

사람들은 잘 몰라요?

알아도 귀찮아서 잘 안 가. 내가 가자고 조르면 마지못해 가는 사람들이지. 한 사람 예외가 있긴 하다만.

그 사람이 누구예요?

있어. 나만큼 석양 좋아하는 사람이지.

내일 만나게 해줄 거죠?

그래.

오랜만에 팔짱 끼고 걸으니까 좋아요.

어렸을 때 너는 거의 내 팔에 매달려서 걸어 다녔지. 업기도 많이 업었었는데.

지금도 그러고 싶은데. 참고 있어요, 알죠? 후후.

그러냐? 이젠 너를 업어줄 사람이 필요하지 않을까?

그럴 사람 많거든요, 내가 말만 하면 하루 종일이라도 업고 다닐 남자들이.

그 중에 마음에 드는 사람이 없어?

맘에 든다고 같이 살 건 아니잖아요?

그렇긴 하다만. 여기서 서쪽으로.

이 오솔길도 운치가 있네요. 뭔가 다른 세계로 연결되는 통로 같아요. 신비스럽기도 한데 무섭지는 않고 편안해요. 원래부터 있던 길인가요?

아니다. 내가 다 길을 냈다. 풀도 쳐 내고 자주 다니니까 이렇게 된 거지.

여기 매일 와요?

날씨가 너무 나쁘지만 않으면 온다. 먹구름이 가득 낀 날의 석양도 나름대로 볼만하거든.

그래요? 어떨지 궁금해요.

오늘은 구름 뒤로 들락날락 하는 해를 보고. 다 넘어간 뒤 후광까지 즐길 수 있겠다.

그거 사진 찍는 사람들이 좋아하는 장면이죠? 아빠 책상에 놓은 사진 중 하나가 그 풍경을 찍은 거라고 했었는데.

기억하고 있구나.

그 사진 좀 비현실적이었어요. 지구가 아니고 다른 별 같았거든요.

그랬군. 다 왔다.

와~ 아빠, 여기는······

좀 놀랍지. 나도 이런 곳이 있을 줄은 몰랐다. 서쪽 방향에 자라던 갈대만 좀 정리했더니 이렇게 열린 곳이 되었다.

이건 우리만 보기 아깝네요. 사진에 찍힌 장면과 너무 비슷해요.

나도 데자뷔가 아닌가 했지. 지난 겨울 저 아래 자작나무 숲이 석양에 물들었던 장면이 지금도 생생하다.

아름다웠겠어요.

대단했지. 하얀색 줄기와 가지들이 역광을 받아서 가장자리가 적황색으로 빛났다. 금방이라도 불타올라 소멸해버릴 것처럼. 나는 얼이 빠져서 한동안 움직일 수가 없었다. 짧은 시간도 영원처럼 느낄 수 있음을 다시 알게 해 준 장면이었지. 그 정도로 강렬한 광경은 다시 볼 수 없었는데, 아쉽게도 기억에만 남았다.

그럼 된 거죠 뭐.

그렇지?

사진보다는 기억을 남기라고 했잖아요. 그런데 혹시 이 벤치도 여기서 만들었어요?

잘 만들었지?

쿠션이 없는데도 마치 소파에 앉은 느낌이에요. 너무 포근하고, 딱 잠들기 좋아요.

그렇다면 의도대로 된 셈이다. 최대한 편안하게 만드는 게 목표였거든. 만드는 데 한 달 넘게 걸렸다. 하나 더 만들어 달라는 사람들이 많은데, 엄두가 안 나서. 여기 있으니까 그렇지, 저 아래 있었으면 서로 차지하려고 했을지도 몰라.

그러게요. 나도 하나 갖고 싶어요. 아빠의 목공 실력은 나날이 늘고 있네요. 난 그것도 아까워요. 아, 이제 해가 넘어가요.

처음 비슷한 장면을 봤을 때, 너는 거의 얼이 빠질 정도로 감동했었다.

그랬어요? 후후.

저렇게 빨리 움직이는 해를 처음 봤고. 지구가 둥글고, 모든 사물이 움직이고 있다는 사실도 알게 됐지.

잘 기억이 안 나요. 단지 그 이미지만 남아 있어요. 지금 보이는 석양도 참 아름다워요. 양털 구름이 투명해졌어요. 불붙은 솜이불 같아요.

시시각각 변해가며 태양과 구름이 만들어내는 광경을 넋을 잃고 바라보느라 얼마간 침묵했다. 주변이 어둑해졌다. 나뭇가지 스치는 소리가 좀 더 커졌다.

너무 어두워지면 잘 안보이니까 이제 내려가도록 하자.

네.

식당에 잠시 들러서 뭐 좀 먹는 게 좋겠지?

아뇨. 전 괜찮아요.

넌 아직 젊은데, 아까 먹은 건 부족하지 않을까?

여기서 살 좀 빼고 가죠 뭐.

네가?

농담이에요.

그러지 말고 가자.

아빠 잘 보여요? 많이 어두운데. 휴대폰으로 밝힐까요?

아니다. 이렇게 내 손만 잡고 있으면 문제 없다. 나는 눈 감고도 갈 수 있을 정도니까.

기억나요. 지하철 타고 놀러 갈 때 아빠가 점자 블록 위로 한 발이 걸치게 걷고 있다는 걸 알아차렸는데, 그때마다 눈을 감고 있었잖아요.

재미있었지.

나도 가끔 해봐요. 그러다 눈을 뜨면 맞은편에서 오는 사람이 이상하게 쳐다볼 경우도 있어요. 지금은 뜨고 있죠?

아니, 감았다, 하하.

아빠가 여기서 제일 장난꾸러기죠?

그렇지 뭐. 다 왔다. 맛있는 냄새가 나는구나.

아직 사람들이 있어요.

매일 저녁 누군가는 간단하게라도 요리를 한다. 저녁을 챙겨 먹어야 하는 사람들도 있고, 좀 많이 만들어서 다음날 아침에도 먹을 게 있어야 하니까. 공식적으로는 점심만 제공하고, 나머지는 자발적으로 하는 방식에 대한 우려도 있었다. 그런데 한 번도 먹을 게 없어서 곤란에 처해본 적은 없었어. 고마울 뿐이지.

우리는 따뜻한 차를 천천히 마셨다. 냄새도, 사람들도, 말소리도, 동작도, 입 안으로 들어와 목을 타고 넘어가는 차도 편안하고 부드러웠다. 대화는 일상적이었고, 아무도 그 이상의 대화를 시도하지 않았다. 일상적이고 평범한 반복의 부드러운 힘과 지속성을 깨뜨리지 않으며 즐기고 있었다. 흩어지는 사람들의 뒷모습에, 어깨 위에 내려 앉은 편안함에 내 마음도 몸도 녹아

내렸다.

　몇몇 사람들은 마치 긴 이별처럼, 마치 다시는 만날 수 없는 길을 떠나는 듯 오래도록 포옹했다. 아빠도, 몸을 겹쳤던 사람들도 말을 하지 않았다. 약간의 탄식, 한숨, 신음, 키득거림, 흐느낌. 언어화되지 않은 소리도 다양한 감정을 전달할 수 있었다. 처음 보는 나에게 그런 장면은 의식을 치르는 것처럼 보였다. 그러나 허전하거나, 측은하거나, 슬프다는 느낌은 전해지지 않았다. 포옹을 풀고 나서 시선을 교환하는 사람들의 눈동자는 따뜻하게 빛나고 있었다.

　식당을 나온 우리는 숙소로 향했다. 가로등은 은은하게 빛나고 있었고, 풀벌레 소리와 간간히 나뭇잎이 바람에 흔들리는 소리가 우리를 따라왔다.

　매일 그런 식으로 헤어지는 건 아니죠?

　그게 특별한 일은 아니다. 지금 만난 사람들을 내일 아침에 꼭 본다는 보장은 없으니까. 이렇게 살아 있어서 고맙다는 표현이지.

　들려오는 대화는 그저 일상적인 내용이었어요.

　평범한 말에 속 깊은 마음을 담는 법을 알게 된 거지.

　그런 게 가능해요? 사람들은 구체적으로 말하지 않으면 모른다고, 말 좀 해라, 표현하라고 난리들인데, 특히 말없는, 말할 줄 모르는 남자들에게 말이에요.

여기서는 성별도 큰 의미가 없어. 이미 열정의 시기를 지나온 사람들이니까. 삶 자체에 큰 의미를 부여하지도 하고.

그럼 뭐가 의미 있죠?

여기서의 시간, 여기서의 만남, 하루, 순간. 의미를 추구하지 않는 것, 어떤 것에도 얽매이거나 영향을 받지 않는 것. 추구하려는 의지조차도 버리는 것. 점점 더 많은 사람들이 알아가고 있다. 그래서 특별한 말이 필요 없는 관계, 그렇게 지내도 좋은 관계가 형성되고 있지.

좋을 것 같기도 하고, 힘들 것 같기도 하고, 잘 모르겠어요.

이제 다 왔다.

문에는 아무런 잠금 장치가 없었다. 그냥 손잡이를 아래로 내리고 당겼더니 문이 열렸다.

여긴 열쇠가 없어요?

그런 건 여기서 별 의미가 없다. 열쇠가 필요할 정도로 뭘 가지고 있거나 남이 알아서는 안 되는 뭔가를 숨기고 있을 사람은 없으니까.

치매에 걸린 분도 있을 텐데, 밤에 불쑥 다른 사람 숙소에 들어갈 수도 있잖아요.

그럼 그렇게 놔 두는 거지. 문이 잠겨 있으면 억지로 열어보려고 할 수도 있고, 말리려다 보면 더 큰 소동이 일어날 거야.

그렇기도 하겠네요. 어쨌든 바깥 세상하고는 완전히 다른 삶의 방식이에요.

눈 감고 뭐 하는 거냐?

아빠 냄새를 맡고 있어요. 진하지는 않지만, 아빠가 살았던 만큼의 흔적이 배어있네요.

하하, 그러니? 많이 걸어서 피곤하겠다. 씻고 쉬도록 해라.

1인용 침대 두 개가 직각으로 벽에 붙어있고 가운데는 식사와 독서를 위한 탁자가 있었다. 숙소는 수도원의 수사가 쓰는 방처럼 소박했다. 한쪽 벽면에는 작은 책장이 놓였다. 빈 곳이 조금 남은 작은 책장에 가지런히 꽂힌 책. 책장을 살펴 보면 그 사람이 어떤 생각을 가졌는지 엿볼 수 있다.

나는 금방 잠들었다.

어렸을 때 아빠는 나와 오빠보다 늦게 잠들고, 아침에는 더 일찍 일어나 우리를 깨웠다. 주말은 예외였고, 우리가 잠든 아빠를 깨웠다. 내가 제일 좋아하는 날은 토요일이었다. 아빠 사용권이 전적으로 작동하는 그 시간을 항상 기다렸다. 동네 친구들 누구라도 나와 아빠의 놀이와 짧은 여행에 동참할 수 있었고, 아무런 제약 없이 보호만 받는 상태로 마음껏 놀 수 있었다.

내가 초등학교 고학년이 되고 아빠 없이도 친구들과 잘 놀게 될 무렵부터는 달라졌다. 늦잠을 자고 일어나면 아빠가 보이지 않았다. 거실에 놓인 기역자 형태의 소파에서 아빠와 머리를 맞대고 자던 시절이었는데, 가끔 아빠는 서재로 사용했던 작은 방에서 자는 경우도 있었다. 베개를 안고 서재로 가 봐도 아빠가 안보이면 전화를 했다. 아빠가 전화를 받은 곳은 서점 아니면 도서관이었다. 집에서도 책을 읽을 수 있었을 텐데 굳이 그런 곳을 찾아가야 하는지 잘 이해가 되지 않았다. 일년에 오륙십 권씩 책을 사고 읽는 사람이라 그런가 보다 했다. 얼마 후 놀라운 사실을 알게 되었다. 아빠는 오토바이를 샀고, 토요일 아침이면 일찍 일어나 혼자만의 여행을 떠났다. 모두에게 비밀로 하려다가 오빠와 나에게만 살짝 알려주었다. 아빠가 모는 차를 타왔던 우리는 아빠가 오토바이도 안전하게 운전하리라 믿었기에 말릴 수가 없었다. 나중에 지하주차장에 세워놓은 아빠의 오토바이를 보고는 한번 더 놀랐다. 아빠의 오토바이는 거리에서 흔히 보는 작은 배달용 오토바이도 아니고 나이 든 아저씨들이 모는 거대하고 무거운 오토바이도 아닌 경주용처럼 날렵한 모양이었다. 언젠가, 아빠는 스트레스를 어떻게 푸는지 궁금해서 이렇게 물었다.

아빠는 스트레스 받거나 짜증 올라오면 어떻게 해?

응? 그래서 오토바이를 샀지.

그 이후로 언제 퇴근하는지 궁금해 하는 전화를 받은 아빠는 그전보다 훨씬 빨리 집으로 돌아왔다. 아빠가 오토바이를 산 이유 중 하나는 시간을 줄이기 위해서였다. 그렇게 절약한 시간에 책을 읽고 글을 썼다.

육아와 관련된 원칙이나 지침도 독서를 통해 습득했고 글쓰기를 통해 마음을 다스렸다. 오빠와 내가 자라면서 크게 혼난 적이 가끔 있었는데, 그건 아빠가 정해 놓은 선을 우리가 넘어간 경우였다. 거짓말을 한다거나 심하게 버릇없이 굴면 야단을 맞았다. 결코 지키기 어려운 원칙이 아니었으므로 아빠에게 제대로 혼나는 일은 손에 꼽을 정도였다. 실수는 다 용납된다. 한때는 일부러 장난을 치고 실수한 척하기도 했는데, 그럴 때도 아빠는 원칙대로 넘어가주었기 때문에 결국 그럴 필요가 없어졌다.

초등학교 고학년이 되어서도 나는 이 닦기를 싫어했다. 칫솔을 든 채로 누워서 잠들어버리기도 했는데, 그럴 때면 아빠는 화장실로 가서 컵 두 개를 가져 온다. 하나에는 물이 반쯤 담겨 있고 다른 하나에는 치약을 바른 칫솔이 들어있었다. 잠든 내 입을 벌려 이를 닦고 나서 상체를 일으켜 세우면 입을 헹구고 빈 컵에 뱉는다. 물이 든 컵을 내 손에 들려주면 두세 번 입안을 헹군다. 그리고 다시 누운 나에게 낮은 목소리로 '잘 자라.' 하고는 이마에 입을 맞추곤 했다. 나는 대부분 아빠가 이를 닦아준 사실을 기억하지 못했는데, 한번은 이빨을 닦기 싫어서 자는 척했다가 아빠가 어떤 식으로 이를 닦았는지 알게 되었다. 중요한 건 이빨을 닦았다는 사실이라며 그런 일로 생색을 내지 않았다. 야근까지 하고 와서 지치고 힘들었을 텐데 화장실에 있는 마른 칫솔을 확인하고는 깊은 잠에 빠져 입도 잘 벌리지 않는 딸의 이를 닦아 주었다. 아빠는 그 이야기를 누구에게도 하지 않았다.

이제 아빠는 그런 마음을 함께 늙어 가는, 죽음을 기다리는, 의미를 내려놓은, 외로운, 그러나 외로움에 무너지지 않게 될 사람들과 나누고 있다. 아빠가 잠든 모습을 보고 자려고 했는데, 내 눈이 먼저 감겼다. 아빠는 잠든 내 이마를 쓸고, 걷어 찬 이불을 다시 덮어주고, 잠든 내 얼굴을 바라보며 미소 지었을 것이다.

꿈을 꾼다. 아빠와 같이 살고 있는 꿈이다. 다시 돌아온 건지, 그 전인지는 잘 모르겠다. 나도 아빠도 더 어리고 젊었다. 꿈속에서 다시 잠이 들었고, 꿈을 꾸었다. 내가 아주 어린 시절이었다. 엄마도 있었다. 한때 엄마만 생각하면 눈물이 나던 때도 있었는데 꿈에서는 즐겁기만 했다. 나와 엄마의 끝없이 이어지는 수다와 그 모습을 물끄러미 바라보는 아빠의 눈길이 선명하다. 대화의 내용은 하나도 기억나지 않는다. 상관없다. 나는 잠에서 깨어나 아빠에게 꿈에서 엄마를 봤다고 얘기한다. 아빠는 말없이 미소만 지었다. 그리움으로 가득한 얼굴이다. 아빠가 어디론가 걸어가고 나는 뒤쫓아 간다. 거리가 점점 멀어진다. 나는 달리기 시작했지만 아주 천천히 걸어가는 아빠와의 거리는 좁혀지지 않는다. 나는 더 힘을 내본다. 아빠는 시야에서 사라진다. 나는 절망한다. 그런데, 그 순간 내 안에서 아빠의 목소리가 들려 온다.

　나는 너와 함께 있다. 걱정 말아라.

　부드러운 목소리. 나는 안도한다. 그러나 아빠의 부재를 다시 느끼고 불안이 엄습한다. 두 감정이 온전히 겹쳐지는 비현실적인 상태가 된다. 나는 아빠에게 뭐라고 말해야 할지 몰라 그저 입만 벌리고 있다. 물리적으로는 완전히 사라져버린 존재가 마음 속에 점점 차 올라서 그 사람의 현존을 온전히 느낄 수도 있는 건가? 공포에서 벗어난 나는 꿈 속에 더 머물고 싶어졌고 감각을 닫아버리기 위해 애썼다.

5
할머니

작은 소리와 은은한 냄새가 귀와 코로 들어온다. 여긴 내 방이 아니다. 내가 쓰던 화구, 내가 마시던 커피 냄새가 아니다. 아침이면 멀리서 나지막이 스며들던 거리의 자동차 소리도 들리지 않는다. 그대신 다른 커피 향이 희미하게 스며 있다. 그리고 숨소리가 들린다. 익숙한 숨소리다. 아, 이건 아빠의 숨소리가 분명하다. 그래, 내가 여기 왔었지. 오늘은 두 번째 날이야. 그런데 또 다른 소리도 들린다. 이것도 숨소리인데? 내가 내는 숨소리인가? 아니다. 그럼 누구일까?

빨라지기 시작한 맥박을 느끼며 고개를 돌렸고 천천히 눈을 떴다. 나는 소스라치게 놀라며 몸을 일으켰다. 그건 낯선 사람이 내는 소리였다. 창문으로는 아직 해뜨기 전 여명의 흐릿한 광채가 스며들기 시작했다. 그 앞에 길게 놓인 침대 위로 아빠의 실루엣이 보였다. 아빠는 내가 누워있는 침대를 향해 고개를 돌리고 자고 있었는데 누군가 그 머리맡에 쭈그리고 앉아 상체를 침대에 걸치고 머리와 머리를 맞댄 채 잠들어 있었다. 눈이 좀더 밝아지고 나서 알아보게 된 그 형체는 여자였고 백발의 할머니였다. 발목까지 내려오는 하늘하늘한 푸른색 원피스를 입고 있었다. 그렇게 맞이하는 아침이 특별하지 않은 듯 두 사람은 아주 고른 숨을 들이쉬고 내쉬며 평화롭게 잠들어 있었다. 놀란 마음은 천천히 가라앉았다. 나는 말없이 두 사람을 바라보며 햇살이 방을 더 밝힐 때까지 기다렸다.

어린 시절, 가끔 내가 먼저 일어날 때가 있었다. 놀다가 지쳐 너무 일찍 잠들어버려서 필요한 수면 시간을 다 채우고 이른 새벽에 잠이 깨는 경우와 무서운 꿈을 꾸다가 깨어났을 때였다. 같은 침대에서 잤을 때에는 아빠가 바로 등을 쓰다듬으며 나를 달랬다. 다른 방에서 자면서부터는 베개를 안고 아빠의 방으로 들어갔다. 아빠는 졸린 눈을 비비면서 나를 안아주었다. 무서움이 사라지고 아빠의 냄새와 숨소리와 체온이 그 자리를 채웠다.

저 할머니는 언제 들어왔을까? 왜 들어왔을까? 두 사람은 어떤 관계일까? 모든 궁금증은 날이 밝고 아빠가 깨어나면 풀릴 것이다.

나는 조용히 방을 나왔다. 노인들이 많은 곳이라지만 일찍 일어난 사람은 많지 않아서인지 불 켜진 곳은 별로 없었다. 식당에서는 환한 불빛과 식기 부딪치는 경쾌한 소리가 새어 나오고 있었다. 누군가 벌써 식사를 준비하고 있다. 누군가는 자발적으로 호의를 베풀고 누군가는 그걸 누린다. 받은 만큼 되돌려주고 준 만큼 돌려받아야 한다는 계산은 없다. 벤치에 앉아 날이 밝기를 기다렸다. 나무로 둘러싸인 정원을 바라보며 생각에 잠겼다. 잔디밭 위로는 동쪽 숲에 도열한 나무의 그림자가 길게 드리워져 있었다. 해가 천천히 떠오르며 그림자의 길이와 방향이 조금씩 달라졌다. 모든 사물에 덮였던 푸른색은 점점 사라지고 마침내 본래의 색으로 다시 태어난다. 처음으로 비슷한 장면을 봤을 때가 기억났다. 지구가 돈다는 사실을 빛과 그림자의 상호작용으로 만들어내는 아름다운 장면을 바라보며 자연스럽게 이해할 수 있었다. 자연은 변함없이 같은 일을 반복하지만 모든 순간은 항상 새롭다.

일찍 일어났구나.

아빠! 잘 잤어요?

그래. 넌 피곤했나 보다. 침대에 눕자마자 바로 잠들었다.

어떻게 잠들었는지 잘 기억이 안 나요. 그런데, 아빠?

저 사람 말이냐?

네.

아침 먹으면서 얘기할까?

할머니는 같이 안 가요?

한두 시간은 더 자야 일어날 거다.

매일 이렇게 누군가 요리를 해요?

제대로 된 정찬을 아침마다 하지는 않는다. 간단한 요리와, 곁들여 먹을 수 있는 우유, 약간의 야채와 과일, 주스 같은 거야. 우린 일상을 복잡하게 만들기 싫어해.

아빠도 그랬어요. 복잡해 보이는 문제에 대해서도 단순한 해결책이 나오는 게 신기했거든요.

그랬니?

지금도 물어보고 싶은 질문이 많아요.

내 문제 풀이 방식을 너도 많이 알게 되었으니 웬만한 건 비슷한 방식으로 해결할 수 있을 텐데.

아빠만 하겠어요?

식당 안에는 어제 점심 때의 반이 좀 안 되는 사람들이 모여 있었다. 조용히 담소를 나누는 사람도 있었지만, 대부분은 말없이 식사를 하고 있었다. 날이 밝아오는 창 밖을 바라보며 천천히 차를 마시는 사람도 보였다. 눈을 마주치면 살짝 미소를 지어주며 아침 인사를 대신했는데 어제 저녁 헤어질 때의 무거운 공기는 느낄 수 없었다. 새롭게 맞이한 하루에 대한 안도와 기쁨을 서로 나누고 있었다.

나는 이 정도면 충분한데, 너는 좀 더 먹어야 하지 않을까?

오늘도 많이 움직일 건가요?

글쎄, 그보다는 내 얘기를 많이 듣고 싶지?

그래요.

저쪽 창가로 가자.

풍경이 정말 좋아요. 소리를 내서 파동을 만들기도 조심스러워요.

이 자리가 좋겠다.

이제 그 할머니 얘기부터 해 줘요.

놀라지는 않았니?

처음엔 그랬는데 금방 괜찮아졌어요. 두 사람이 평화롭게 잠들어 있는 모습이랑 새벽 여명이 겹쳐서…… 좀 비현실적인 장면이었죠.

밤마다 내 방으로 와서 재워 달라고 한 지가 벌써 꽤 됐다.

혼자서는 잠들기 어려워하세요?

지금 좀 심해졌지. 일종의 불면증이라고 할 수 있는데, 앞으로 더 심해질 지도 몰라. 이상한 건 나한테 오면 잠을 잘 잔다는 거야.

그래요?

내가 그 사람의 아빠 같은 존재가 됐어. 어린아이가 혼자 못자고 부모에게 가면 잘 자는 경우와 유사하다고 할 수 있지. 좀 먹으면서 들어라.

아, 네. 그런데 처음부터 그랬나요?

처음 여기 왔을 때는 치매 초기 증세가 있었다. 차츰 심해지면서 치매 중에서도 어린 아이 같은 성향이 강하게 나타났지. 몽유병 증세도 있는데 밤에 이리저리 많이 돌아다녀서 나나 다른 젊은 노인들이 고생 좀 했다. 그러다 어느 날인가 잔디 마당에 쭈그리고 앉아서 한참 동안 가만히 있었다. 저렇게 조용할 때도 있나 싶어서 다가갔지. 민들레 홀씨를 바라보고 있었다. 마침 나한테 라이터가 있길래 불태우면 재미있다고, 순식간에 불타오른다고 말해 주었더니 내게 그걸 내밀더구나. 그래서 거기 불을 붙이고 불이 붙자마자 순식간에 소멸하는 씨앗들을 같이 바라봤어. 조금 후에 그 사람이 나를 빤히 쳐다보면서 나지막이 뭐라고 말했어. 잘 들리지 않아서 귀를 기울여 들어 봤는데, '아빠'라고 말한 거였어.

네?

우연의 일치였지. 유년 시절 부친과 함께 했던 핵심 기억을 건드려서 내가 그 기억 속에 편입됐지. 워낙 말수가 적은 사람이라 몇 가지 이야기를 듣는 데도 오랜 시간이 걸렸다. 아버지와는 사별했고, 어머니는 재혼했고, 삶은 평탄치 않았고, 그 사람도 결혼, 이혼의 과정을 겪었다. 치매 이후로는 자식들도 많이 힘들었다고 하더라.

여기 들어온 건 자식들도 동의한 거였겠네요?

그런 셈이지.

치매 말고 다른 병은?

심장이 많이 안 좋다. 신체활동도 제한적으로만 가능한 사람이고. 식사량도 너무 적어서 내가 처음 봤을 때보다 살도 더 빠졌다. 그리 오래 살지는 못 할거야. 진료기록상으로도 그렇고.

아, 어쩌나요?

어차피 모두 가야 할 길이다. 순서는 아무도 모른다. 그 사람 떠날 때까지는 내가 함께 해 주면 되고.

아빠가 불편하지는 않아요?

내 남은 시간의 일부를 나눠준다고 생각한다. 이런 말 하면 이상하게 들리겠지만, 너 어릴 때 모습하고 비슷하다고 느낄 때도 있다.

나 어렸을 땐 아빠한테 붙은 껌이라고 했었잖아요?

그랬지.

아빠는 그러는 내가 엄마를 닮아 그런 거라고 했었죠. 어렸을 때는 그 말이 좋았는데, 철이 들고 나서는 어쩐지 슬프기도 했어요. 엄마에 대한 그리움이 배어 있는 말이었거든요.

그랬지.

아빠의 눈이 조금 그렁그렁해졌다.

대소변도 못 가리는 건 아니고요?

그 정도는 아니다. 다행이지. 결국 그 상태까지 진행되리라고 예상을 하고 있긴 하다만. 조금 걷다가 들어갈까? 네 오빠는 언제 온다고 했니?

애들 아침 다 먹이고 오려면 좀더 있어야 할 거예요.

그렇겠구나. 커피 한 잔씩 할까?

이른 아침부터 커피 내려 주는 사람도 있어요?

내가 하는 거야.

그렇군요. 가요.

여기서도 누군가는 아빠에게 기대어 살아간다. 함께하는 시간이 아주 짧을 지라도 그 사람은 전폭적인 수용이 어떤 건지, 그게 얼마나 좋은지 알게 될 것이다. 내가 살아갈 수 있는 힘은 그것에 기인한다. 그 안정감을 경험하지 못하는 사람들이 의외로 많다는 사실을 알고 나서 상대적인 행복감을 느끼기도 했다. 나는 이미 할머니를 부러워하기 시작했다.

조카들과 함께 온 오빠와 언니를 방문자 센터에서 다시 만났고 아빠는 숙소로 돌아갔다. 나는 아빠가 부탁한 대로 아침에 있었던 일을 설명해 주었다.

힘들 수도 있겠지만 친밀한 관계가 생겼으니 외롭지는 않아 보여서 안심이 되기도 해. 앞으로 그분 상태가 더 악화되면 다른 분들과 함께 보살폈으면 좋겠어.

어쩌면 그간 홀로 지낸 시간에 대한 보상일수도 있어요. 남을 돕는 건 아버님에게 그리 부담스러운 일이 아니니까요. 두 분이 좋은 시간 보내시면 좋겠어요.

난, 그래도 할아버지가 힘들어지는 건 싫어요. 치매가 심해지면 아기들보다 더하다고 하던데. 똥오줌도 못 가려서 기저귀도 차야 한다면서요? 어른이 그렇게 되면 이상할 것 같아요. 그런데 여기서는 더 이상 어디로 보낼 곳도 없고 계속 같이 있어야 하잖아요.

너 아기였을 때 할아버지가 기저귀 엄청 갈아줬었는데. 기억 안 나지? 그런 건 아무것도 아닐 거야.

아기는 자라나니까 결국 거기서 벗어나게 된다는 희망이라도 있는데 노인이 아기처럼 되는 건 반대로 되는 거니까 그게 더 힘들 것 같아요.

어머, 애가 무슨 어른 같은 말을 다 하네.

할아버지는 그걸 보여주기 싫어서 여기 들어온 것 아니에요?

야, 우리 할아버진 그러지 않을 수도 있어.

내가 도와줄 수 있는데……

그러게.

　우리는 도서관에서 다시 만났다. 장서량이 많지는 않지만 여유 있게 시간을 보내며 책을 읽을 수 있는 완전 개가식 도서관이었다. 여느 도서관과 다른 점은 굳이 조용히 하지 않아도 된다는 것. 동화책도 많이 있어서 조카들이 시간을 보내기도 괜찮아 보였다. 열람실 한 켠에서 아빠는 그 할머니에게 책을 읽어주고 있었다. 할머니는 아빠의 다리에 머리를 기대고 누운 채 아빠의 낮은 목소리에 귀를 기울이고 있었다. 뒤로 다가가 책을 내려다봤다. 어린 왕자가 자신의 작은 별에서 장미꽃과 이야기 나누는 장면이 펼쳐져 있었다. 다가가는 우리를 발견한 아빠가 한 단락을 마저 읽고 나서 조심스럽게 할머니에게 귓속말로 뭔가 말했고 할머니는 아쉬운 표정을 감추지 못한 채 몸을 일으켜 옆에 앉았다.

　할아버지!

　오, 내 보석들, 잘 잤어?

　네.

　아버지.

　아버님.

　우리가 낸 소리가 좀 컸는지 사람들이 약간 동요했지만 곧 책으로 다시 눈길을 돌렸다.

어제 많이 돌아다녀서 피곤했지?

애들은 문제없어요.

그래서 애들보다 저희가 먼저 잠들었어요.

하하, 그랬구나.

할머니와는 말없이 눈빛으로만 인사를 나눴다. 커다란 눈에 경계심이 조금 남아 있었지만 두려움은 보이지 않았다. 할머니가 천천히 일어섰는데 아이들보다 더 가벼워 보이는 깡마른 몸이었다.

작은 도서관이지만 여러 종류의 책이 있으니 내가 간단하게 소개시켜 주마. 책 조금 보다가 점심 먹으러 가면 되겠다.

도서관을 둘러보는 내내 할머니는 아빠의 손을 잡고 약간 뒤에서 따라왔다. 오빠와 내게 물려준 책을 제외하고 아빠의 서재에 있던 대부분의 책이 거기 있었다. 중년이 되어서야 시작된 본격적인 독서는 차츰 맹렬해졌고 은퇴 후에는 하루에 한 권의 책을 읽더니 매년 삼백 권 이상의 책이 늘어났다. 그래도 평생 읽을 수 있는 책이 만권도 안 된다며 아쉬워했다.

여기서 새 책도 살 수 있어요?

그럼, 신청만 하면 된다. 그런데 신청자가 많지는 않아. 새로운 지식에 대한 욕구보다는 반복이 더 편한 사람들이니까.

아빠는 신간도 읽어야 할 텐데.

여기 있는 새 책은 거의 다 내가 신청했지. 좋은 작가들은 살아 있기만 하면 저절로 좋은 책이 만들어지니까 그런 책은 보지 않을 수가 없다. 진정한 작가의 삶이란 그런 거야.

할아버지, 저기 우리가 읽을만한 책도 있어요.

발견했구나.

근데, 동화책을 읽는 할아버지 할머니가 많아요.

그럼, 재미있으니까. 좋은 책은 독자를 가리지 않는 법이지.

아빠는 우리가 청소년이 된 다음에는 청소년용 책을 따로 구분해 사 주거나 권하지 않았다. 오빠가 중학생이 되고 처음으로 읽은 책이 '노인과 바다'이었고, 다음 책은 '걸리버 여행기'이었는데 모두 청소년용이 아니고 원전 완역본이었다. 나도 얼마 후 그런 식으로 책을 읽었다. 처음에는 힘들기도 했지만, 억지로 읽을 필요는 없었기 때문에 천천히 적응할 수 있었다. 조카들은 동화책이 많이 꽂혀 있는 곳으로 달려갔다.

할아버지, 우리는 여기서 책 좀 읽고 싶어요.

좋지. 우린 차 마시러 가자.

도서관에도 작은 중정이 있었고 그곳으로 통하는 복도 한 켠의 작은 탕비실 안에는 간단하게 차를 내릴 수 있는 도구가 있었다. 우리는 나무 탁자에 둘러앉았다. 아무도 말하지 않고 얼마간 시간이 흘러갔다. 아름다운 정원을 바라보며 침묵했다. 오두막에서 지내면서 알게 된 것 중 하나다. 어느 정도 친밀함이 생긴 사람들 사이, 또는 새로 만난 사이라도 침묵을 어색해하지 않을 정도로 마음이 열린 사람들끼리는 억지로 대화를 이어가기 위해 애쓰지 않아도 된다. 필요한 일상적인 몇 마디 말을 제외하고는 아무 말도 하지 않고 며칠 동안 지낸 경우도 있었다. 우리도 그렇게 아무 말도 없이 아빠가 가지고 온 차를 천천히 마셨다. 서로 시선을 피하지 않았고 눈이 마주치면 억지로 웃거나 할 필요도 없었다. 공기는 온화했고 어색한 감정도 생겨나지 않았다. 차를 두 번째 내리면서 내가 입을 열었다.

이렇게 조용히 차를 마시니까 좋아요.

우리도 아이들과 함께 있으면 조용히 차 마시는 건 쉽지 않아요. 이런 시간이 소중하죠.

도서관 안에서 새어 나오는 사람 소리가 배경이고, 새소리, 나뭇잎 스치는 소리가 더 크게 들리네요.

우리는 사방에서 명멸하는 모든 소리를 온전히 들으며 다시 침묵했다.

할머니는 말을 거의 안 하네요.

그렇다. 여기서 살아가는 데는 굳이 말을 많이 할 필요가 없지. 당사자가 불편하지 않다면 일상생활에 별 지장은 없다. 나도 어떤 날은 말 한마디 안 하는 경우도 있으니까. 이 사람이 아픈 상태니까 어른처럼 사고하는 건 아니지. 그런데, 가끔 그런 생각을 한다. 사람의 내면이 과연 꼭 어른이 되어서 살 필요가 있는 걸까? 살아가기 위한 기초적인 사고력은 초등학교 때 대부분 형성된다. 여기서는 밖에서 벌어지는 복잡한 관계나 다툼이 없기 때문에 단순하게 살아갈 수 있어.

그건 정말 좋아 보여요. 이 사람이 요즘 회사 일로 좀 힘들어하고 있거든요.

그래? 내가 따로 위로 좀 해 줘야겠구나.

오빠의 표정이 순간 밝아졌다.

점심 먹고 잠깐 시간 내 주세요.

그래. 이제 밥 먹으러 갈까?

계란과 두부로 요리를 포함해 거의 채식 위주의 검소한 식단이었다. 조미료는 전혀 들어있지 않았고 소금간도 아주 제한적으로 사용했지만 음식은 맛있었다. 아이들도 양껏 잘 먹었다. 몸이 불편한 사람의 곁에는 도와 주는 사람도 같이 있었는데, 그 사람 역시 이 곳에서 살아가는 입주자일 뿐이었다. 그런 식으로 균형을 이룬 채 지속한다는 게 쉬워 보이지는 않았다. 식사 후 아빠는 오빠와 따로 산책을 떠났고, 아이들은 읽던 책을 마저 읽겠다며 다시 도서관으로 갔다. 언니와 내가 할머니 곁에 남았다.

우리는 잔디광장 주변에 조성된 길을 천천히 산책하며 애기를 나눴고, 할머니는 말없이 우리와 동행했다. 마치 얌전한 여자아이 같은 느낌이었다.

아빠 어때 보여요?

좀 힘들어 보여요. 물론 여기 오시기로 하면서 마냥 쉬려던 건 아니라고 했지만 운영위 일에다 사람들도 돌보시고, 또 할머니까지. 자발적인 거라지만 좀 쉬셨으면 했는데.

평생 그렇게 쉬어 본 적은 없어요. 은퇴하고 나서 1년간 아무것도 안하고 여행만 한다고 했었는데 결국 여행기가 남았죠. 그럴 팔자가 아니에요.

아직 애들이 좀더 커야 해서 여러 가지 도움말을 듣고 싶기도 하고. 아이들에게도 할아버지가 든든한 나무 같은 존재죠. 전 지금이라도 나오셨으면 좋겠어요.

우린 걸음을 멈추고 서로 고개를 돌려 눈을 마주쳤다. 나는 동지를 얻은 느낌이었다. 그러나 곧 쓸쓸한 미소를 교환하고 다시 걷기 시작했다.

맞아요. 아빠는 아직 몸도 정신도 죽음을 기다려야 하는 상태가 아니거든요. 대략 90세까지 산다면 그때까지 시간도 많이 남았어요. 그냥 몇 년 동안만 여기서 봉사하고 나오라고, 그 후로는 쉬기만 하라고, 내가 다 돌봐 주겠다고. 내 마음이 그래요.

아가씨는요? 결혼도 하고 아이들도 키우고 해야 할 텐데.

뭐, 지금 같아서는 그럴 마음도 없고 그런 일이 생길 것 같지도 않아요.

왜요? 이렇게 멋지고 아름다운 사람인데.

후후, 그러게요. 그보다 홀로 누리는 자유를 만끽하고 싶은 거죠. 요즘 결혼이 대세도 아니고, 다들 부담 없이 마음대로 살고 싶어하니까. 언니는 아이들 키우기 힘들지 않아요?

물론 힘들죠. 하지만 좋을 때도 많아요. 아이들이 잘 자라고 있는데다, 오빠가 무척 바쁘지만 애들하고 가져야 될 최소한의 시간은 확보하려고 애쓰고 있어요. 아버님의 적절한 도움도 고맙죠. 덕분에 아이들 기르면서 저지르는 흔한 실수를 많이 줄일 수 있었어요.

그렇죠? 아빠가 들려준 이야기들은 나중에 결혼하게 되면 많은 도움이 될 거예요.

모두 다 경험할 필요는 없지만 아이들을 낳고 기르는 건 특별하니까요.

아빠는 이런 말도 했어요. 다시 태어날 수 있다면 꼭 여자로 살고 싶다. 여성성을 만끽하고, 뱃속에서 아이를 기르고, 그 아이를 낳아 젖을 먹이고, 아이들과 사람들을 안는 따뜻한 품을 간직하며 살고 싶다. 그래서 그런지 아빠가 엄마 같다고 생각한 적도 있었어요.

어머님의 부재를 채우기 위해 애쓰셨는데, 아쉬움이 남았나 봐요. 그래서 그런 마음이 생겨났을 거예요.

불쌍한 아빠. 후후.

그렇지 않아요. 잘 사셨어요. 여기, 손수건.

언니는 걸음을 늦췄다. 잠시 혼자 걸었다.

아, 네?

저쪽으로 오라고 하시는 거죠?

아, 민들레 홀씨를 찾았군요. 네, 곧 갈게요.

불 붙이고 싶어요? 어, 라이터가 없는데.

아, 갖고 오셨구나.

이렇게 들고 계세요. 하나, 둘, 셋. 와! 순식간에 없어졌어요.

하나 더요? 여기. 하나, 둘, 셋.

야! 신기하네요. 마치, 별이 소멸하는 모습 같아요.

나도 애들한테 보여 줘야겠어요. 호호.

어, 왜요?

할머니가 고개를 돌리더니 한 곳을 뚫어져라 바라보다가 갑자기 빠른 속도로 걷기 시작했다. 뒤도 돌아보지 않고 걸어가는 할머니의 동선을 연장해 보니 멀리서 걸어오는 두 남자의 모습이 보였다. 언니와 나는 다소 놀란 표정으로 서로 마주 보다가 미소를 지었다. 우리도 그쪽으로 향했다.

저 할머니, 좋아 보이죠?

네. 그 얘기가 생각나요. 사람들 각자에겐 딱 한 사람이 필요하다는. 지금 저 할머니에겐 그 한 사람이 있고, 얼마 안 남았을 수도 있겠지만 죽을 때까지 그 사람이 곁에 있을 테니까. 그럼 된 거죠.

할머니는 두 남자의 사이로 다가가더니 아빠의 곁으로 가서 고개를 떨군 채 손을 잡았다.

부자간의 얘기는 잘 끝났어요?

문제 없음. 지금까지 수다 떨다가 온 거야.

마주보는 두 남자의 얼굴은 평화로웠다. 할머니는 아빠의 손을 꼭 잡고 약간 뒤에서 따라왔다. 언니와 나를 번갈아 바라보는 할머니의 눈빛은 편안했다. 사람은 같은 것을 공유하면 경계심을 풀게 되어 있으니까.

남은 오후 시간을 도서관에서 보내고 오빠네는 돌아갔다. 아이들이 학교를 가야 해서 내일은 오지 않기로 했다. 조카들은 할아버지와 헤어지면서 울지 않았다. 며칠 후면 다시 만날 사람들처럼 즐겁고 일상적인 이별이었다. 오빠와 언니는 달랐다. 두 사람과 아빠의 긴 포옹이 이어졌다.

건강하세요. 할머니도 잘 돌보시고요.

그래, 그러마. 걱정 말거라.

언니는 아무런 말도 하지 않았다.

고모, 다음에는 우리가 할아버지 방에서 자게 해 줘요.

글쎄, 너희들 하는 거 봐서.

다시 석양을 보기 위해 언덕에 올랐다. 이번에는 할머니도 동행했다. 할머니는 그 길이 익숙한지 앞장서서 가다가 결국 시야에서 사라져 버렸다.

네가 편안해진 모양이다.

그러게요. 아까 언니랑 있을 때 민들레 홀씨 태우고 놀았어요.

재미있었겠구나.

나는 어렸을 때처럼 아빠의 손을 잡고 가다가 두 팔로 아빠를 안고 뒤에 붙어서 걷기도 했다. 불편했을 텐데 한 번도 뿌리친 적이 없었다.

오랜만에 네가 등에 붙어 있으니 좋구나.

이렇게 다 큰 딸아이가 그래도?

넌 여전히 내 딸이니까.

내가 할머니가 되어도 그럴 거죠?

물론이지.

내가 저 할머니처럼 늙으면 아빠는 얼마나 더 늙어 있을까요?

그러게. 오늘은 어제와 좀 다른 풍경이겠다. 거의 매일 이 길을 오르지만 항상 어떤 노을이 펼쳐져 있을지 상상하면 마음이 설렌다. 그럴 때마다 내가 아직 살아 있고 앞질러가는 마음이 다 죽지는 않았고 느낀다.

마음은 아직 늙지 않았어요, 알죠?

하하.

벤치 한쪽 끝에 비스듬히 앉은 할머니의 뒷모습이 보였다. 아빠는 할머니와 나 사이에 앉았다. 딸과 늙은 딸 같은 여인 사이에 앉은 늙은 남자. 햇빛은 연무를 통과하며 연한 감색으로 하늘을 물들였다.

두 분이 와도 이렇게 말이 없어요?

주로 내가 말을 하지. 이 사람도 의사 표현은 확실하게 한다. 뭐, 내 얘기는 주로 긍정 답변을 유도하는 경우가 대부분이라서 고개만 끄덕이면 되지만.

나도 그런 식으로 이야기하는 걸 좋아했어요.

그랬지. 너는 어렸을 때 말하기 싫으면 절대 입을 안 열었어. 기억나니? 동네 치과의사는 결국 너한테서 한마디 말도 들을 수 없었다. 내가 말 안 하는 너하고 의사 사이에서 통역하느라 고생 좀 했지.

호호, 그런 적도 있었군요.

지나고 나면 언제 그랬는지 잘 기억이 안 나는 각기 다른 박명이 펼쳐지는 하늘. 한동안 말없이 노을이 펼쳐진 하늘만 바라봤다. 할머니는 그사이에 몇 번이고 감정이 바뀌었는지 숨을 가쁘게 몰아 쉬다가, 한숨을 쉬다가, 나중에는 조용하고 고르게 호흡하며 끝까지 서쪽 하늘을 향한 시선을 거두지 않았다.

멀리 도시에서 뿜어내는 흐릿한 광채와 더 뒤로 물러나며 중첩된 산맥의 실루엣이 보였다. 세 사람을 둘러싼 공기는 보호막처럼 안온했다.

이제 다 졌구나.

세 가지 황혼에 대한 설명이 기억나요. 일몰 직후에는 햇살의 여운이 남아서 사람이 활동할 수 있고, 좀 더 시간이 지나면 항

해에 필요한 밝은 별이 보이고, 그리고 마지막으로는 천체가 본격적으로 모습을 드러내는 시간에 이르고……:

기억하고 있구나. 해가 지평선 뒤로 사라진 후에도 빛을 끝까지 반영하는 구름, 그 장면을 바라보는 눈, 황혼과 함께 일렁이는 마음. 내가 살아있음을 가장 절실하게 느끼는 순간이지.

주변은 거의 어두워졌고 숨소리와 서걱거리기 시작한 나뭇잎 스치는 소리가 더욱 명료해졌다. 보호막처럼 주변을 감싸고 있었던 공기는 무한히 확장되었지만 우리는 여전히 그 안에 있었다. 시각이 청각에 천천히 주도권을 내어주었다. 평온하고 공허하고 무한한 어둠 속에서 나는 전율했다.

이제 캄캄해졌어요. 후~ 내려갈 수 있을까요?

문제 없다. 가자.

그 말을 듣고 일어난 할머니는 아빠와 두 손을 맞잡은 채 눈을 마주치고 가만히 있었다. 잠시 후 천천히 손을 놓더니 몸을 돌려 앞장섰다. 아빠의 등 위로 짙은 남홍색 황혼이 내려 앉았다. 많이 어두워진 길인데도 할머니는 올라올 때와 비슷한 속도로 한달음에 내려갔다. 심장이 안 좋다고 하는데 저래도 되나 싶었다.

장방형의 중정에도 짙은 어둠이 내려와 있었지만 주변 건물에서 새어 나온 빛이 가장자리를 비추고 있어서 수평면 자체가 묘한 영역성을 지니고 있었다. 시간이 많이 지나서인지 식당에는 사람이 별로 없었다. 빵 몇 조각과 따뜻한 우유로 간단하게 허기를 채웠는데, 그나마도 거의 다 내가 먹었다. 맞은편 테이블에서 우리가 식사를 다 마칠 때까지 기다리던 한 젊은 할머니가 조심스럽게 다가왔다. 말없이 눈인사를 교환하더니 아빠를 마주보고 앉았다.

선생님 괜찮으시겠어요? 따님도 오셨는데…….

괜찮아요. 저 하고도 친해졌어요.

어머, 벌써요? 그러고 보니 가족 같기도 하네요. 호호. 감사합니다. 이 언니가 마음을 쉽게 여는 사람이 아닌데.

방문자센터에서 실랑이를 벌였던 또 다른 할머니가 누군지도 자연스럽게 드러났다.

사람들이 대부분 돌아가고 우리도 자리에서 일어났다. 내가 손을 내밀자 할머니가 편안하게 손을 맞잡았다. 살결이 놀라울 정도로 부드러웠다. 아빠는 내 손이 얼마나 보드라운지 손을 잡으면 몸이 이불 속으로 들어가는 느낌이라고 했었다. 이 손도 아빠에게 그런 느낌을 주는 걸까?

어두워진 잔디 정원을 가로지르는 보행로를 따라 숙소로 향했다. 중정의 한가운데에 이르렀을 때 아빠와 할머니는 걸음을 멈추고 하늘을 향해 고개를 들더니 천천히 몸을 회전시켰다.

너도 이렇게 해 봐라.

이렇게요?

그래, 아주 천천히.

위를 올려다보며 어지럽지 않을 정도로 천천히 몸을 회전시켰는데, 곧 비현실적인 느낌이 몸을 감쌌다. 발에서는 땅을 디디고 있다는 감각이 사라졌고 내 눈에는 반짝이는 별빛, 그리고 그 사이사이 흩어진 구름이 보였다. 속도를 높이며 조금 더 그렇게 하자 그 모든 사물이 사라져버릴 것처럼 흐려졌다. 나는 몸이 부유하고 있다고 느꼈다.

이제 그만. 더 하면 넘어진다.

나는 아빠의 품에 안기고 나서야 현실로 돌아왔다. 어둠 속에서 바라본 세 사람의 얼굴은 상기되어 있었고, 눈과 볼이 별처럼 빛났다. 우리는 서로 손을 맞잡고 고개를 숙여 머리가 맞닿은 상태로 서로가 내뱉는 숨을 들이마셨다. 입을 다물고 숨을 쉴 수 있게 된 후에 다시 고개를 들고 서로를 바라봤다. 환한 미소를 짓고 있었다.

숙녀들이 침대를 써야 하니 나는 소파에서 자도록 할게.

네? 안돼요. 내가 소파에서 잘 건데.

아니다, 손님을 그렇게 대접하면 되나. 잘 자요.

아빠는 내 볼과 할머니의 이마에 입을 맞추고 소파 위로 올라갔다. 아빠에게 다가간 할머니는 이마를 쓸어주고 돌아섰다. 곧이어 두 노인의 고른 숨소리가 들려왔고 내 눈도 감겼다.

아빠가 죽었다.

꿈이었다. 어린 시절부터 가끔 그런 꿈을 꾸곤 했기 때문에 꿈을 꾸면서도 현실이 아님을 알 수 있었다. 어서 깨어나고 싶어서 소리를 지르려 애쓰는데 잘되지 않았다. 한동안 그러다가 겨우 눈을 떴다. 할머니가 나를 바라보고 있었다. 어제 봤던 소녀 같은 표정이 아니었고 제 나이를 찾은 할머니의 얼굴이었다. 여전히 말은 없었다. 침대 옆의 협탁 위에 놓인 물컵을 내밀었다. 한 번에 다 마셔 버렸더니 약간 놀란 표정으로 미소를 지었다. 할머니는 내 가슴에 귀를 대고 가라앉은 맥박을 확인하더니 고개를 한번 끄덕였다. 내 이마에 손을 얹었다가 자신의 이마에도 손을 대 보고는 미소를 지어 보였다. 이불을 끌어올려 덮어주고 살짝 두드린 후 일어났다. 아빠가 있는 소파 쪽으로 가서 머리를 잠시 쓸어준 뒤 볼에 입을 맞추고 침대로 올라갔다. 다시 시간이 흘렀다. 나는 몸을 일으켜 잠든 두 노인을 바라보았다.

아빠는 아직 살아 있다. 할머니도 살아 있다. 나도 살아 있다. 어떤 상황에 처하든 죽은 것보다 살아있는 게 더 낫다. 산 사람에게, 그 사람의 곁에 있는 사람에게는 그것이 가장 중요하다. 모든 죽음은 삶의 경계를 넘어가는 것이니 더욱 흥미로울 거라고 아빠가 말했다. 이곳의 사람들은 그 경계에 조금 더 가까이 있는, 그 순간을 향해 다가가는 사람들이다. 저 할머니도, 아빠도, 결국 나도.

점심 식사가 끝나갈 무렵이었다. 누군가 식당 가운데 놓인 테이블에 작은 케이크를 올려 놓았다. 한 노인이 그 앞에 서서 입을 열었다.

이틀 전부터 우리와 함께 지냈던 사람이 있었습니다. 누군지는 다 아시지요?

네~.

우리와 함께하는 마지막 식사라서 작은 케이크를 준비했습니다. 물론 직접 만든 겁니다. 오랜만에 아버님과 함께 좋은 시간을 보냈으리라 생각합니다. 부녀간의 사랑이 특별하다곤 하지만 두 분만큼 각별한 사이는 본 적이 없습니다. 이별은 가슴 아프지만, 그래야 또 다음 만남을 기약할 수 있습니다. 만나서 반가웠습니다. 어르신, 먼저 한 말씀 하십시오.

이런 거 안 하기로 했었는데.

그래도 한마디 하세요.

생각에 잠긴 표정으로 천천히 일어난 아빠는 나와 시선을 마주치고 엷은 미소를 지었다.

이 아이는 태어나면서부터 나에게 큰 위로를 주었습니다. 엄마 뱃속에서부터 그랬는지도 모르겠네요. 그리고 지금도 그렇습니다. 어렸을 때는 내가 챙기고 돌보고 했습니다만, 모든 건 온전히 자발적인 사랑에 기인했습니다. 내리사랑이란 넘치는 사랑이고 다시 주워담기를 바라지 않고, 그럴 수도 없기 때문이죠. 이 아이가 그 열매입니다. 나는 다시 이 아이를 그리워할 겁니다. 눈빛, 음성, 손길, 냄새, 모든 것을. 다행입니다. 울고불고, 이게 뭐냐고, 아빠를 이런 곳에 둘 수 없다고, 당장 같이 나가자고 하지 않는 걸 보면 우리가 가꾸고 꾸려 가는 이 곳도 살 만한 곳이 되어가고 있다고 생각합니다. 딸아이에게 감사하고, 여러분에게도 감사하고, 좋은 흔적을 남기고 먼저 경계를 넘어 간 친구들에게도 고마움을 전합니다.

주위의 노인들은 평화롭고 편안한 얼굴로 아빠를 바라보며 가끔씩 고개를 끄덕여 동감을 표했다. 아빠가 자리에 앉자 사람들은 미소를 띤 얼굴로 인사했다. 잠시 후 사람들은 나에게 시선을 돌렸다. 나는 당황해서 아빠를 쳐다봤다. 아빠가 고개를 끄덕였고, 나는 자리에서 일어났다.

아빠는 늘 제 곁에 있었어요. 어렸을 때의 그건 온전히 물리적인 동행이었을 겁니다. 제가 자라나면서 그 방식도 조금씩 바뀌게 되었죠. 그래요, 같이 있는 게 제일 좋아요. 사실은 저, 여러분을 부러워해요. 특별히 여기 계신 할머니가 제일 부러워요. 제가 어서 늙어서 여기 들어오고 싶다는 생각될 정도로. 평화롭고 자발적인 돌봄을 실천하면서 주는 사람과 받는 사람이 서로 온전히 신뢰하는 세계를 만들어가는 여러분이 놀라워요. 그 모습이 사랑스럽고, 고맙습니다. 아빠, 잘 지내요. 더 늙지 않아도 상관없어요. 내가 어서 늙어서 아빠를 따라잡을 수 있게 해 줘요. 모든 분들에게 감사해요. 아빠를 부탁합니다. 다음에 또 올게요.

사람들은 웃기도 하고 작게 박수를 치기도 했다. 모든 사람들과 포옹을 나눈 후에 방문자 센터로 향했다. 간단한 서류를 작성해서 제출한 후에 정문 밖으로 나왔다. 울지 않으려 애썼지만 할머니가 먼저 울어 버리는 바람에 나도 어쩔 수가 없었다.

다시 오거라. 기다리마.

내년에도 애들은 절대 여기서 못 재울 줄 아세요.

그래.

할머니, 또 뵈어요.

아빠보다 더 슬픈 얼굴로 쉴 새 없이 눈물을 흘리며 나를 쳐다보던 할머니가 말없이 나를 안았다. 삐쩍 마른 몸 어디에서 그런 힘이 나왔나 싶을 정도로 온 힘을 다한 포옹이었다. 몸을 떼어 놓으며 나를 바라보던 할머니의 얼굴, 그 눈동자를 잊을 수 없다.

나는 이미 알고 있었다.

그것이 할머니와의 마지막 만남이었다.

몸은 일상으로 돌아왔지만, 마음이 그렇게 되기까지는 오랜 시간이 걸렸다. 얼마 안 되는 사람들이 함께 살아가는 노인 공동체였지만 나에게 그곳은 하나의 거대한 세계로 인식되었다. 그곳에서 보낸 시간과 마음에 남은 장면과 사람들에게서 받은 인상은 내 마음 어딘가에 각인되었고 감은 눈꺼풀 위에 종종 떠올랐다. 거리를 다니면서는 노인들을 다시 쳐다보게 되었고 내 눈에 보이는 노인들의 삶과 그곳에서 본 사람들의 삶이 중첩되었다. 생각이 쉽게 정리되지 않았고 혼란스러움도 여전했다. 다시 찾아가고 싶다는 생각을 쉽사리 떨쳐버리지 못한 채 시간이 흘러갔다.

6
남겨진 그림

다시 돌아온 겨울, 오빠네와 스키 여행 계획을 세우고 있을 무렵 아웃랜드에서 부고를 알리는 전화가 왔다. 나는 아빠에게 무슨 일이 생긴 건 아닌가 해서 심장이 덜컥 내려앉았다. 그건 아니었다. 죽은 사람은 그 할머니였다. 직계 가족이 아니어도 특별히 장례식에 참석할 사람을 지정할 수 있는데 할머니가 나를 거기 포함시켜 놓았다. 다음날 아침 상복으로 갈아입고 집을 나섰다. 아빠의 장례식에서도 입을 옷이었다. 할머니와 함께 보냈던 지난 방문 때의 추억을 떠올리며 차에 올랐다.

눈이 한번 내리면 잘 녹지 않는다는 그곳의 겨울 풍경은 아름다웠다. 사람이 다니는 동선에만 눈을 치웠고, 건물의 수직면을 제외한 경사면과 수평면은 온통 흰 눈으로 덮여 있었다. 방문자 센터에는 유족이 모여 있었다. 방문한 사람 중 유족 말고는 내가 유일했다. 안내를 받아 화장장으로 향했다.

나는 아빠를 찾기 위해 두리번거렸다.

누군가 내 손을 잡았다.

아빠의 손이었다. 조금 더 단단해진 느낌이었으나 따뜻함은 여전했다. 순간 장례식에 왔다는 긴장감이 사라졌다. 우리는 말 없이 눈길만 주고받았다. 아빠의 재킷 왼쪽 가슴에는 장례위원 패찰이 붙어 있었다. 나도 화장장을 향해 이동하는 대열해 합류했다. 남서쪽 모퉁이에 자리한 화장장은 대부분 목조로 건축된 다른 건물과 달리 광택 없는 짙은 회색 돌로 마감된 단아한 건물이었다. 규모는 작았지만 좌우대칭인 정면과 출입구까지 연결되는 진입로의 양쪽에 도열한 교목들은 적당한 엄숙함을 느끼게 했다. 화장장 옆의 추모관도 보였다. 두 건물 사이에는 작은 정원이 있었다. 지난번 방문 때에는 눈에 띄지 않았던 건물들이다. 보이는 것만 보이고, 결국 보고 싶은 것만 본다.

입구 안쪽의 라운지로 오라는 안내자의 목소리가 들렸다. 화로에 들어가기 전 마지막으로 고인을 얼굴을 볼 수 있었다. 전등은 하나도 켜지 않았고, 천창과 측창에서 스며든 햇살이 고인이 누운 곳을 은은하게 비췄다. 관을 둘러싼 사람들 사이로 할머니의 모습이 보였다. 지난번 방문 때와 별로 달라지지 않은 얼굴이었다. 입고 있는 옷은 수의가 아니었다. 내가 처음 봤을 때 입고 있었던 하늘거리는 연한 청록색 원피스였다. 내 기억 속 할머니의 얼굴이 창백했기 때문이었을까? 나는 고인에게서 죽음을 읽어낼 수 없었다. 유족은 한 사람씩 나아가 손이나 얼굴을 마지막으로 보거나 만질 수 있었다. 오열이나 흐느낌 같은 건 없었다. 아빠가 나에게도 그러라는 눈길을 보냈다. 가까이 다가서서 할머니의 얼굴을 가만히 내려다보았다. 옆모습에서는 잘 보이지 않았던 엷은 미소가 입가에 드리워져 있었다. 편안한 얼굴이었다. 아빠가 기다리는 평화로운 죽음이었다. 나는 미소가 번지다가 소멸해버린 입술의 끝부분에 입을 맞췄다. 차가웠다.

모두 인사를 마친 후 관은 화로 속으로 미끄러져 들어갔다. 30분 정도 후에 할머니의 몸은 하얀 재로 변했다. 이야기를 나누고 싶었지만 아빠는 이것저것 챙기느라 그럴 겨를이 없어 보였다. 유골함이 유족 대표인 아들에게 전해졌고 그 뒤를 사람들이 줄지어 따라갔다. 아직은 빈 곳이 더 많은 추모관의 한 칸에 할머니의 유해가 놓였다. 모든 과정은 침묵 속에 이루어졌다. 봉인을 하기 전에 유족이 인사했고, 이어서 장례위원장과 아빠의 발언이 이어졌다.

어머니의 마지막 날들을 의미 있는 시간으로 채워 주신 모든 분들에게 감사합니다. 이곳이 아니었다면 편안하게 지내시기 어려웠을 겁니다. 평생 받기만 했던 아들이 마지막 몇 달도 함께 할 수 없다는 생각에 많이 자책하기도 했습니다만 이곳으로 보내드리길 잘했다고 생각합니다. 어머니가 죽음을 극복할 수 있도록 곁에서 함께 해주셔서 다시 한번 감사합니다.

　항상 죄송한 마음으로 살았지만 치매로 인해 모든 가족이 망가질 수는 없다고 생각했어요. 처음 이곳을 방문했을 때 사람들이 사는 모습을 살펴보고 마음이 좀 놓였어요. 어머님이 행복한 미소를 짓고 돌아가셨다는 말을 믿어요. 어머님 곁에서 마지막을 외롭지 않게 채워 주신 것에 감사합니다.

　유족 분들은 우리가 뭘 많이 했다고 말씀하지만 그렇지 않습니다. 우리 모두 정도의 차이는 있지만 노년의 불편함을 안고 살아갑니다. 몸도 마음도 젊은 시절과 같을 수는 없지요. 오늘 영원한 세계로 떠난 사람도 그런 불편함을 가지고 있었지만 우리에게 큰 선물을 남겼습니다. 아무런 불순물이 섞이지 않은 미소, 갓 태어나 원초적이고 본능적인 감정의 교류가 가능한 신생아에게서나 볼 수 있는 미소를 보여주었죠. 그리고 죽음에 대한 두려움을 직면하고 이겨내는 과정을 고스란히 담은 그림을 남겼습니다. 떠나 보내는 마음이 아쉽지만 우리 모두는 고인을 마음 속에 간직하게 될 겁니다.

　예상치 못했던 만남이었습니다. 밖에서는 모든 주고 받는 과정에 상황이 개입되지요. 그러나 저는 이 사람과 함께한 시간을 통해서 모든 행위가 아무런 기대 없는 친밀함 속에서, 심지어 언어화 되지 않은 상태에서도 가능함을 배웠습니다. 온전히 현재에 충실한 삶이야말로 우리가 살아가면서 남은 날을 채워야 할 방식입니다. 경계에 의미를 두지 않으면 삶과 죽음은 단절된 현상이 아니라 결코 분리될 수 없으며, 존재는 영속한다는 사실도 어렴풋이 알게 되었습니다. 우리는 여기서 자신의 죽음을 기다리며 그 순간에 이르기까지 다른 사람의 죽음을 목도하며 살아갑니다. 이곳에서 저와 가장 가까웠던 사람을 떠나 보내며 우리가 선택한 이곳에서의 삶이 어떤 의미인지 더 깊이 숙고하게 되었습니다. 다시 만나게 되면 그간 나눈 무언의 대화를 다 말로 풀어내느라 끝없이 이야기를 나누게 될 겁니다. 유족에게 위로를 보냅니다.

아빠는 여기서도 여전히 성장하고 있었다. 이어서 그곳에 모인 모든 사람들이 자신에게 할머니가 어떤 의미였는지 말했다. 몸도 성치 않았고 말하는 것조차 쉽지 않았던 한 늙은 여인의 마지막이 사람들에게 어떤 울림을 전했는지 알 수 있었다. 차례가 되었을 때 나는 이렇게 말했다.

제가 여기 왜 왔는지 아직 잘 모르겠어요. 좀 당황스럽기도 해요. 저는 단지 아빠를 보러 왔을 뿐인데 곁에 계셨던 할머니를 알게 되었고 짧았지만 함께 시간을 보낸 것이 다이니까요. 제가 치매에 걸린 분을 가까이서 본 것도 처음이었습니다. 아빠가 나중에 그렇게 되면 어떻게 하나 걱정한 적은 있었죠. 여기로 와버려서 결국 의미 없는 생각이 되었지만요. 저도 할머니를 오래도록 기억할 거예요. 지난번 방문 때 아빠 방에서 같이 밤을 보냈었는데 악몽을 꾸면서 놀란 제 가슴을 진정시켜 주셨어요. 실제적인 기억이 없는 엄마의 손길을 잠시 느꼈던 건지도 모르겠어요. 할머니도 저와 같은 친밀함을 느꼈을지……. 저를 불러주신 할머니에게 감사해요.

미소를 지으며 말했지만 까닭 모를 눈물이 흘러내렸다. 슬픔도 분노도 허무함도 아닌, 거기 모인 사람만 이해할 수 있는 감정에 의한 눈물이었다. 장례 절차는 그렇게 마무리되었다. 참석한 사람들이 서로 인사를 나눴다. 유족과도 인사했다. 나와 비슷한 또래로 보이는 며느리는 내 손을 잡고 잠시 눈을 감고 있다가 입을 열었다.

좋은 아버님을 두셨어요.

노인상을 당한 유족에게서 엿볼 수 있는 홀가분함도 분명 느낄 수 있었지만 그것만은 아니었다. 진정으로 고인을 떠나 보낸 사람만이 누릴 수 있는 자유로움이 아웃랜드를 나서는 사람들의 편안해 보이는 어깨에 내려와 있었다. 나는 어떻게 아빠를 떠나 보내게 될까?

유족이 다 돌아가고 뒷정리까지 마무리 되고 난 뒤에야 아빠와 나는 카페에서 커피잔을 앞에 두고 마주 앉았다. 가까이서 본 아빠는 살이 조금 더 빠졌고 주름도 흰 머리도 더 많아졌지만 내면에서 발산되는 기운은 전과 달랐다. 강하다, 무겁다, 편안하다, 크다, 깊다 등 말로 표현하기 힘든 변화를 느꼈다. 이 노인은 계속 변해왔고 죽는 날까지 그렇게 살아갈 것이다.

뭘 그리 뚫어져라 쳐다보니?

그새 더 말라버리면 어떻게 해요? 내 마음 아프게 하면 나빠요, 알죠?

그래? 좀 바빴나 보다. 아침을 아예 거른 적이 많았다. 저녁에도 그랬으니 진짜 하루에 한끼만 먹고 산 셈이구나. 그러다 보니 자연히 양도 더 줄었다.

그러다 굶어 죽는 거 아니에요? 아빠가 저 할머니처럼 말라깽이가 되는 건 싫다고요.

이제 좀 챙겨 먹도록 하마. 그래도 생활하는 데는 아무 지장이 없더라.

아빠는 그런 말 할 자격이 있긴 하지만. 나도 이제 저녁은 아주 간단하게 야채랑 과일만 먹어요. 그러다 보니 아침을 더 챙겨 먹게 되고. 나름대로 기본적인 건강은 유지되죠.

좋구나, 잘 지낸다니.

언젠가 그랬었죠? 마음이 너무 힘들면 그건 그냥 내버려두고 몸을 일으키라고. 좋을 음식을 먹이고, 좋은 풍경을 보게 해 주고, 스스로 자신의 몸을 잘 다독이면서 챙기라고. 그렇게 몸을 챙기다 보면 한결 나아진 마음을 발견할 수 있다고. 무슨 말인지 몰랐는데 이번에 제대로 겪은 셈이에요. 이거 아빠 미안하라고 한 말인데.

나는 화난 표정을 지어 보였지만, 아빠의 너털웃음에 나도 따라 웃고 말았다. 나는 그를 이길 수 없다.

그런데, 아빠가 저 할머니 내내 보살폈죠?

그렇다고 할 수 있지. 너도 그때 봤겠지만, 거의 나하고 붙어 지내다시피 했으니까.

힘들었죠?

그렇기도 하고, 아니기도 하다. 육체적으로, 정신적으로 힘들지는 않았다. 그 사람이 나를 고통스럽게 하지는 않았어.

그럼 뭐가……

죽음 그 자체에 대한 거지. 네 엄마의 죽음 이후로 또다시 가까이서 죽음을 현실적으로 느끼고 매일 대면하기가 어려웠다. 그것과는 달랐지. 그건 사후의 대면이었고 이건 사전 대면이었으니까. 많이 아프더구나. 어렵기도 하고. 그렇다고 말로 할 수도 없었고.

아빠는 이미 달관한 줄 알았었는데. 아니었군요.

누가 해낼 수 있겠니? 죽음은 결국 죽어봐야 알게 된다. 이번 일로 내 죽음에 대해서도 더 기대한다고 해야 할까, 매혹이라고 해야 할까, 그런 게 더 강해졌다. 차근차근 준비하려고 한다.

자신의 죽음에 대해 이야기하는 사람의 얼굴이 저렇게 편안할 수 있을까? 나는 그 편안함을 받아들일 수 없었다.

할머니도 힘들어 했나요?

실신할 정도로 고통스러워한 적도 있었다. 죽음을 향해 조금씩 다가가는 자신을 받아들이지 못했지. 그러다가 한계점에 다다르면 탈진하곤 했다. 직면하기가 힘들었을 거야.

할머니는 이미 어린이 같이 된 거였잖아요.

그랬지.

그러면 아이의 마음을 가진 상태였을 텐데 그렇게 고통스러워할 수 있는 건가요?

이번에 새롭게 알게 되었다. 어린 아이도 그럴 수 있다. 아니 분명 그렇다. 많은 사실을 모르는 순수한 어린이의 마음이니까 두려움에 대처하기가 더 힘들어. 생각해 봐라. 신빙성이 있건 없건 죽음에 대해 이런 저런 사실을 알고 있는 사람과, 그런 것이라곤 전혀 접하지 못하고 그저 죽음이 자신에게 다가온다고 느끼는 사람과, 누가 더 힘들지를.

그럴 수도 있겠네요. 그럴 때는 어떻게 견뎠어요?

나를 찾았지. 내가 곁에 있어도, 내 품에 있어도, 나를 더 찾았지. 고통스럽구나. 나도 어떻게 할 수가 없었다. 끝 없이 흐르는 눈물, 멈추지 않는 경련, 그러다가 잠든 날이 많았다. 그리고 아침엔 좀더 진전된 두려움이 엄습하고.

아빠도 많이 괴로웠죠?

그랬지. 그 두려움을 견딜 수 있게 된 건 전혀 예상 못한 계기를 통해서였다. 입주자 중에 화가가 있었는데 자신을 포함한 다른 이들을 위로하기 위한 미술 치유 프로그램을 시작했다. 내 권유로 같이 참여하면서 그림을 그리게 됐지. 마음을 표현한 그림을 보여 주고, 그에 대한 답장으로 그림을 그리고. 그런 방식으로 반복해서 서로의 이야기를 시각적으로 들려주며 대화를 나눈 셈이다. 그러면서 차츰 받아들일 수 있게 됐어. 사무국에서는 격리시키는 게 좋지 않겠느냐고 권하기도 했다. 누가 봐도 죽음에 휩싸여 정신 나간 사람 같았을 테니까.

아빠가 반대했죠?

놓아줄 수가 없었다. 나중에 그림을 통해 회복되고 나서는 잠시 네가 봤던 모습으로 다시 돌아와서 잘 지냈다.

다행이네요.

그렇게 회복되고 나서 장례식에 너도 불러 달라고 부탁했다. 너와 보낸 시간에 대한 기억이 생생한지 관련된 그림을 많이 그렸다. 아직 액자에 넣기 전이지만, 내 숙소에 대부분 그대로 남아 있다.

그래요? 보고 싶어요. 가요.

지난번 방문 때 우리를 따라다니던 다람쥐 가족은 식구가 둘 더 늘어 있었다.

사람들만 너를 기억하는 건 아니지?

그러게요. 신기해요.

작은 새끼 다람쥐 두 마리도 어미로부터 물려받은 본능적인 움직임으로 소리 없이 우아하게 나무를 타며 우리를 따라왔다. 잠시 걸음을 멈추고 나무로 다가갔을 때 다람쥐들이 우리 앞으로 다가왔다. 새끼들을 가운데 두고 어미들은 그 옆에 앞다리를 모으고 앉아 우리를 쳐다봤다. 매일 보는 사람과 아주 오랜만에 다시 만난 사람, 그리고 그 두 사람 사이의 관계를 알고 있다는 듯 고개를 갸웃거리며 눈을 깜빡였다. 나는 다람쥐들이 전해주는 마음을 느꼈다. 아빠는 두 손을 모아 앞으로 내밀었고, 다람쥐 네 마리는 번갈아 가며 손을 오르락 내리락 했다. 사람과 동물 사이라기보다는 동등한 존재끼리의 만남이었다. 영롱하게 반짝이는 여덟 개의 까만 눈동자 속에는 나뭇잎과 하늘의 청록색이 투영되어 있었다. 다람쥐들은 눈인사를 보내더니 재빨리 나무줄기를 타고 올라갔다. 다시 발걸음을 옮겨 숙소에 도착했다. 숙소 주변은 거의 그대로였지만 집을 둘러싼 땅에는 적막이 내려와 있었다. 내 마음도 가라앉았지만 내색하지 않으려 애썼다. 다시 혼자가 된 사람의 허전함이 이미 내려앉은 숙소 안의 공기는 무거웠다.

 선방처럼 아무런 장식물도 문양도 없었던 벽은 그림으로 가득했다. 천천히 시선을 옮기며 한 장 한 장 그림을 바라봤다. 단색화로 시작된 그림이 나중에는 몇 가지 색을 활용한 채색화로 변해갔지만 대여섯 가지 기본 색채를 벗어나지는 않았다. 각각의 그림은 우울과 기쁨과 환희와 절망과 체념을 고스란히 느낄 수 있을 정도로 분명한 감정을 담고 있었다. 나는 마침내 누가 보아도 죽음에 대한 공포를 느낄 수 있는 그림이 모인 곳에 이르렀다. 다리에 힘이 빠져나가는 바람에 무릎을 굽히고 앉았다. 터져 나오는 탄식을 막기 위해 입을 막았다.
 어떻게 이렇게…… 이렇게 그릴 수 있죠?
 나도 모른다. 그냥 그 사람 속에서 올라온 무언가가 종이에 뿌려졌어. 달리 설명할 수가 없다.
 그림은 시간 순으로 배열되어 있어서 할머니의 심리상태가 어떻게 변했는지 잘 보였다. 알 수 없는 두려움을 느끼고, 두려움을 이해하게 되고, 두려움에서 빠져 나올 빛을 발견하고, 두려움 없이 대상을 바라보게 되고, 두려움이 있지만 일상의 즐거움을 누릴 수 있게 되고, 그러나 다시 두려움을 직면하는 공포를 관통하면서 죽음을 향해 다가가는 일련의 과정이 남긴 흔적이었다.

한지 위에 그린 수채화네요. 그림을 처음 그리는 사람이 이렇게 바로 그리기는 쉽지 않았을 텐데.

여기 그림 공방이 체계적으로 미술 공부를 시키는 곳은 아니다. 그저 마음을 드러내고 다른 사람이 알아볼 수 있을 정도로 표현할 수만 있으면 되니까.

이 그림이 가장 처음 그린 거죠?

어떻게 알았니?

붓질이 달라요. 종이와 붓이 닿는 순간에도 망설이고 있었다는 게 느껴져요. 그런데 일단 종이와 만난 다음에는 부담을 내려놓고 붓을 눌렀어요. 그리고는 마음 가는 대로 붓이 움직였어요.

그랬었지. 그렇게 하기까지 꽤 오랜 시간이 걸렸다. 팔레트에 물감을 짜내고 원하는 색을 찾아내긴 했는데 붓으로 물감을 찍는 순간부터 손에 경련이 일어나더구나. 종이가 뚫어져라 바라보기만 했지. 나는 옆에서 내 그림만 그렸다. 다그치거나, 가르

치려 하거나, 모범을 보이려고 하면 안 된다는 것 정도는 알고 있었으니까. 그렇게 멍하니 종이를 바라보다가 다시 물통에 붓을 넣어 씻고, 다시 꺼내서 또 화폭 근처로 들고 와서는 바르르 떨다가……. 어느 날은 세 시간이 넘도록 그러고 있다가 결국 포기했다.

그때의 고통이 느껴졌는지 아빠의 목소리도 무거웠다. 나는 밝고 화사한 색을 사용한 그림 앞으로 발을 옮겼다.

이 그림을 그렸던 날은 유난히 햇살이 따뜻했다. 입고 있던 옷과 비슷한 색깔을 만들어내고는 만족스러운 미소를 짓길래 고비를 넘길 수도 있겠다고 기대했지.

그랬군요. 할머니 자신의 의지도 있었겠지만 끝까지 기다려 준 사람이 있어서 결국 할머니의 마음이 밖으로 나올 수 있었을 거예요.

고맙구나.

마음을 열면 누구나 볼 수 있어요. 그만큼 이 그림들 속에는 분명한 메시지가 있어요. 억지로 의도하지도 않았고 기법이 훌륭한 그림도 아니죠. 하지만 이 그림들은 마음을 꺼내고 거기서 흘러나온 심상을 그대로 종이에 옮겨 놓았어요. 아! 여기, 이 그림에서는 거의 죽음을 정면으로 마주했어요. 두려움이 가득한 상태로 시작했지만 굴복하지 않았네요. 이겨냈다거나 회피

한 게 아니라 죽음을 있는 그대로 바라보는 상태로 끝났어요.

첫 번째 그림 다음으로 힘들게 완성한 작품이다. 한 손으로는 내 손을 잡았다 놓기를 반복했는데, 어찌나 악력이 세던지. 혼신의 힘을 다했다. 그리고는 자유로워졌지.

스스로 유하는 게 아니고, 놓임을 받은 상태의 자유, 맞죠?

그래. 놓이고 풀려나야 스스로 움직일 수 있지.

한동안 그 자유를 만끽했어요. 여기서 할머니의 마음은 무한한 공간으로 훨훨 날아가버렸어요. 거의 초월적 상태에 도달했네요. 정말 좋았겠어요.

내가 고개를 돌렸을 때, 아빠는 눈을 감고 그때를 회상하며 편안한 미소를 지으며 고개를 들고 있었다.

그랬지. 행복한 순간이었다. 붓을 내려놓고 내게 와서 안겼는데 몸이 깃털처럼 가벼웠다. 그리고 두 손을 마주 잡고 그 사이에 만들어진 공간을 느끼며 제자리에서 천천히 원을 그리며 움직였다. 나도 그 자유로움을 느낄 수 있었지. 그리 길지 않은 시간이었다고 느꼈는데, 사람들 말로는 꽤 오랫동안 그런 상태로 있었다고 하더구나.

다시 현실로 돌아왔을 때 힘들어 하지 않았어요?

고통스러웠지. 바로 쓰러져서 내가 업고 숙소에 데려가야 했다. 나 역시 힘들었지만 일단 그 사람을 챙겨야 했으니까. 기력을 회복하고 난 다음에는 나를 위로하더구나.

할머니가요?

그래, 그 사람만의 방식으로 그렇게 했지. 그리 오래 가지는 못했다. 건강이 급속도로 악화되었으니까.

그런데도 붓을 놓지 않았죠? 이 그림들을 보면 잘 알 수 있어요.

어머, 여기 이건 저를 그렸네요. 맞죠?

알아보는구나.

그날 입고 있었던 옷 색깔이 정확하게 묘사되어 있어요. 할머니가 입었던 하늘거리는 원피스도 그대로. 그리고 둘 사이에 있었던 긴장감까지 살아 있어요. 여기 이 그림에서는 마치 모녀처럼 그려졌네요. 정겹고 좋아 보여요.

마음이라는 게 말을 하지 않아도 드러나지.

나는 순간 울컥 쏟아지려는 눈물을 참느라 말문이 막혔다. 아빠는 내내 나에게 엄마이기도 했지만 어쩔 수 없는 결핍에 대해 미안한 마음을 가지고 있었다. 다만, 그건 주는 쪽에서 느끼는 감정일 뿐이었다.

미안하다.

조심스럽게 내 어깨를 감싸는 손길을 느끼는 순간 나는 무너지고 말았다.

미안하다구요? 그럼 여기로 떠나오지 말았어야죠. 내가 뭐가 부족해서, 아직 받을 게 남아 있어서 가지 말라고 한 게 아닌 걸 알면서. 얼마 남지 않은 시간이니 그저 같이 있어달라고 한 건데. 이게 다 뭐라고. 떠나왔으면서, 이제 미안하다고 하면 다 인가요? 내가 엄마 빈자리를 채워달라고 하지 않은 이유를 아빠도 잘 알잖아요. 엄마도 아빠도 받은 사랑이 넘쳐서 우리를 사랑한 게 아니라고 했었잖아요. 아빠가 채울 수 없었던 결핍이 채워지는 건 바라지도 않았어요. 그런 걸로는 미안해할 필요도 없어요. 그렇게 살아 온 아빠가 미안하다고 하는 건 싫어요.

두 사람이 어깨를 맞댄 채 말없이 앉아 있는 방 안으로 땅거미가 천천히 스며들었다.

그림을 액자에 넣을 거라고 했죠?

그 전에 사무국에서 디지털 자료로 만들어 공개할 거라고 하더라. 외부에서 전시회를 열자는 사람들도 있어서 사무국 차원에서 논의하기로 했다.

그래요? 잘 되었네요. 분명 다시 보고 싶을 것 같았거든요.

나보고 제목을 달고 그림에 대한 설명을 써달라고 하는데, 고민스럽다.

걱정 말아요. 아빠 이름을 잘 지어요. 후후.

언어화되지 않은 대화와 그 와중에 그린 그림이니 쉽지는 않겠지. 그저 날짜만으로 정할까 생각도 했는데, 잘 모르겠다.

근데, 아빠가 할머니에게 그림 가르쳐 준 건 아니었어요? 아빠의 터치와 비슷한 부분이 여기저기 있었어요.

뭘 가르쳐 준 건 아니었다. 그림은 단지 소통의 도구였을 뿐이다. 어쨌든 먼저 다가가고 시작한 건 나였으니까. 말로는 힘들어도 몸으로, 표정으로, 색으로, 형상으로 차츰 마음을 열어갈 수 있었지. 사람들도 처음에는 잘 이해하지 못했다. 그런데, 나중에는 두 사람이 침묵 속에서 그림으로 대화하는 방식을 따라 하는 사람도 생겼었다. 잘 되지는 않았지.

그게 어디 쉬운가요?

그렇지. 하지만 그 사람과 나 사이에는 그 방식이 제일 좋았고, 사실 그 방법 밖에는 없었다.

그래도 이렇게 흔적이 남아서 다행이네요. 아빠가 매년 한 권씩 만든 책도 그래서 의미가 있어요. 사진도 있고 마음 속의 추억도 있지만, 어떤 글은 아빠 자체예요.

네가 인정해 주니 고맙구나. 힘들 때도 많았지만 약속을 지킨다는 마음으로 만들었지. 그게 나를 지탱하는 버팀목이 되기도 했다.

이제 해가 다 졌어요.

그렇구나. 나가야겠다.

시시각각 어두워지는 길을 따라 말없이 방문자 센터로 향해 가다가 나는 갑자기 걸음을 멈췄다.

아빠, 추모관에 한 번 더 들러도 돼요?

응? 그 사람에게 할 말이 남았구나.

그래요.

이쪽으로 가자.

서쪽하늘에 드리운 황혼은 겹겹이 색이 옅어지며 중첩된 산마루를 따라 끝없이 넓게 번져가고, 주홍빛으로 변한 태양빛은 서서히 힘을 잃어가고 있었다. 우리는 제자리에서 잠시 그 장면을 바라봤다.

추모관 안에서는 누군가가 하루를 마감하기 위해 뒷정리를 시작하고 있었다.

어르신, 다시 오셨군요.

이 아이가 고인에게 할 말이 남아있나 봅니다.

늦기 전에 잘 오셨네요. 끝나면 응접실로 오세요. 차를 준비해 놓겠습니다.

고맙습니다.

차분한 조명을 밝힌 복도를 지나 할머니가 안치된 방 앞에 도착했다. 아빠는 들어오지 않았다. 납골단 안쪽 벽면에 붙은 화면에는 생전의 모습을 담은 사진 몇 장과, 할머니가 죽기 전 힘을 다해 그려낸 그림들과 사람들의 헌사가 점멸하고 있었다. 아, 이토록 아름다운 여인이었다니. 모든 사진 속에서 그녀는 주변을 밝히는 아름다운 미소를 짓고 있었다. 어린 시절에 그녀의 아빠와 찍은 사진도 있었다. 청소년기 이후에 찍은 사진에는 다른 가족이 함께 등장했지만 아빠는 나오지 않았다.

할머니, 저 다시 왔어요. 그냥 갈 수가 없어서요. 아직도 잘 몰라요, 왜 할머니가 절 불렀는지를. 아주 잠깐 동안 할머니와 같이 있었잖아요. 이야기를 많이 나누지도 않았는데. 그런데, 이상하죠? 할머니와 왠지 닮았다고 느껴요. 민들레 홀씨에 대한 강렬한 기억도 마찬가지예요. 다만 제게 그건 홀씨를 태운 기억이 아니고 아빠와 산책하다가 홀씨를 발견하면 후후 불고 놀던 추억이 층층이 쌓여서 남은 것이었거든요.

할머니, 어렸을 땐 예뻤고 젊었을 때는 고우셨네요.
왜 지금 엄마 생각을 하는지 모르겠네. 후~, 스스로 기억하는 건 아무것도 없는데. 다 아빠가 해준 이야기를 듣고 상상 속에서 만들어낸 기억이었죠.

할머니, 그래도 가시기 전에 아빠를 만나고 마음을 주고받을 수 있는 사람과 마지막까지 함께 하셨으니 좋았겠어요. 나도 사실은 얼마나 그렇게, 그렇게⋯⋯

그곳에서도 마음이 통하는 사람들을 만났으면 좋겠어요. 결국 모든 사람이, 아빠도, 저도 가게 될 거니까. 다시 만날 수 있겠죠? 그곳에서는 모습이 변할 수도 있다는데. 할머니는 사진 속에서처럼 아리따운 여인이 되어 있을 테니, 저를 보면 꼭 다가오셔야 해요. 엄마랑 만나서 같이 수다 떨어요. 저는 할머니의 목소리도 몹시 궁금하답니다. 저에게 마음을 열어주셨다는 걸 알아요. 그래서 고맙다는 말을 하고 싶었어요.
잘 지내세요.
안녕.

나는 고개를 돌렸고 복도를 서성이던 아빠의 눈과 마주쳤다. 방을 나가자마자 아빠의 품에 안겼다. 내가 왜 울었을까? 머지 않아 다가올 아빠의 죽음을 직면하는 게 무서워서였을까? 할머니가 나를 생각해 준 게 고마워서였을까? 할머니와의 만남이 마음 속 깊은 곳에 숨어 있던 엄마에 대한 그리움을 건드려서였을까? 아빠는 말이 없었다.

응접실 탁자에는 김이 모락모락 올라오는 찻잔만 두 개 놓여 있었다. 다시 헤어지고 싶지 않았다. 하지만 시간은 다시 흐를 테니까. 기다리는 순간은 반드시 오게 되어 있으니까. 어쩐 일인지 아빠와 다시 만날 날은 일년 후가 아니고 더 빨리 도래할지도 모른다는 예감이 들었다. 첫 번째 헤어질 때보다는 덜 힘들었다. 아빠는 변함없는 미소로 내 차가 사라질 때까지 손을 흔들었다.

전보다 조금 수월하게 일상에 복귀할 수 있었다. 아빠가 정성껏 이름 지은 할머니의 그림들은 사람들에게 알려지기 시작했고 몇 번의 전시회를 거치더니 아빠의 글과 함께 편집되어 출판되었다. 아빠를 볼 수는 없었지만 전시회에 들러 할머니의 그림과 아빠의 글을 읽으며 두 사람과 함께 했던 추억에 잠길 수 있었다. 작가와 저자의 이름은 가명을 사용했고 모든 수익은 아웃랜드 재단으로 귀속되었다. 오빠와 언니와 조카들은 우리만 아는 비밀을 간직한 채 그렇게 남겨진 흔적을 받아들였다.

가끔씩 책을 열고 할머니의 그림과 밑에 적힌 아빠의 글을 본다. 어린이의 순수함을 간직한 노인의 그림. 그림을 전적으로 이해하고 수용한 노인의 글. 어린아이도, 어른도, 같은 연령대의 노인도 궁극적인 무언가를 생각한 적이 있었다면, 두려움에 직면해 본 경험이 있는 사람이라면, 죽음의 공포를 겪어 내고, 거기서 빠져 나와 살아 있는 사람이라면, 그런 사람 곁을 지켰던 사람이라면, 그럴 수 없어서, 감당할 수 없어서 회피했던 사람이라면, 다시 다가가기를 두려워하며 여전히 주저하고 있는 자신을 미워하는 사람이라면 공감할 수 있었다. 실제로 겪어내기가 얼마나 어려운 일인지, 얼마나 외로운 일인지, 결국 혼자서 해내야 한다는 것도, 그러나 누군가 곁에서 알아주고 포용해 준다면 얼마나 큰 힘이 될 수 있는지를.

아빠는 할머니에게 그렇게 해주었다. 여한이 없는 삶이란 있을 수 없겠지만 아빠는 아쉬움을 달래며 그 시간을 살아갔다.

7
붕괴

책 한 권이 일으킨 반향은 작지 않았다. 신간 알림 프로그램을 통해 공중파에 잠깐 소개되었는데, 노인문제와 요양시설 관련 기사에 인용되면서 대중에게 알려졌다. 나는 서점에 배포되기 전에 아웃랜드에서 우편으로 보내온 책을 받았다. 할머니가 죽음을 직면하고 이겨낸 과정이 묘사된 그림이 책의 표지를 거의 다 채웠다. 표지에는 작가와 저자의 이름이 없었다. 책을 펼치고 내지를 몇 장 넘겨야 비로소 책의 내용을 파악할 수 있었다. 치매를 겪는 노인이 자신을 향해 다가오는 죽음을 받아들이는 과정을 투영한 그림과 옆에서 모든 과정과 희로애락을 함께한 사람이 남긴 글이 교차되며 지면을 채웠다. 사람들은 책장을 빨리 넘기지 못했다. 그림은 단순했고 글은 군더더기 없는 산문이었다. 그림을 보며 슬퍼했고 글을 읽고 위로를 받았다. 글을 읽으며 안타까워했고 그림을 보고 위안을 얻었다. 삽입된 그림을 띄워놓고 연결된 글을 낭독한 동영상을 만들어 올리는 사람들도 있었다.

출간 초기 그림을 그린 사람과 글을 쓴 사람에 대한 궁금증이 증폭되면서 인터뷰 요청이 이어졌다. 아웃랜드 사무국의 결정에 따라 딱 한번 아빠가 응했다. 한 라디오 방송에서 진행한 대담 프로그램을 통해 목소리로나마 아빠를 만날 수 있었다. 진행자의 질문에는 도발적인 내용도 포함되어 있었지만 대답은 감정적으로 동요하지도 선을 넘지도 않았고 아웃랜드의 정체성과 당위성에 대한 주장과 설명으로 이어졌다.

전혀 예상하지 못했습니다. 그림이 하나 둘 만들어지면서 그림을 그린 사람의 마음이 치유된 거죠. 각자 조금씩 다르겠지만 다가오는 죽음을 바라보고 준비하는 사람이라면 공유할 수 있는 공포, 수용, 긴장, 슬픔, 기대, 회복 등이 남겨지는 과정이었습니다. 어찌 보면 여기서 살아가는 사람 중에서 가장 힘들게 자신의 죽음과 직면한 사람이 남긴 유산입니다. 사후에 그림을 어떻게 할지 논의가 있었습니다. 그런데 그림을 보며 이야기하는 과정에서 모두 그림이 던지는 메시지, 감흥, 혹은 에너지를 느낄 수 있었죠. 나중에는 강당에 그림을 모아 놓고 자체적으로 전시회를 열게 되었는데 비슷한 일이 일어나더군요. 자연스럽게 바깥 사람들에게도 공유하자는 제안이 나왔고 아무도 반대하지 않았습니다.

군이 알아내려면 알아낼 수도 있겠지만 그게 무슨 큰 의미가 있겠습니까? 이미 다른 세계로 떠난 사람입니다. 남은 자들은 고인이 남겨놓은 흔적을 잘 살피고 남은 날을 의미 있게 살아가면 됩니다.

설립 전에 이미 제정한 정강에 의거한 원칙을 확고하게 지켜나가기 위해 노력하고 있습니다. 물론 원칙이라는 게 예외적인 경우를 판단하기 위해서 필요하다는 것도 잘 알고 있습니다. 그래서 방향성은 더욱 중요하다고 생각합니다. 염려가 전혀 없다고는 할 수 없지만, 나름대로 지속 가능한 상태를 유지해왔습니다. 계속 애써야겠지요.

네, 그간 여기서 사람들이 죽었습니다. 고인이 된 사람 모두에 대해서 살아온 삶에 대한 존엄을 지키며 이별할 수 있도록 최선을 다했습니다. 모든 장례는 화장이 원칙입니다. 자체적으로 추모관을 가지고 있고요.

그렇지 않습니다. 많이 아픈 사람도 있고 가족이 돌볼 수 없을 정도로 중증인 사람도 있죠. 그래도 우리는 포기하지 않습니다. 어차피 죽음 이후에는 죽음이 아니고 그 사람이 살았던 모습을 기억하게 되니까요.

그럴 줄 어떻게 알았겠습니까? 그래서 우연이라고 부릅니다. 우연은 영어로 coincidence인데, 동사형 coincide는 두 개의 선이 한 점에서 만난다는 뜻을 가지고 있습니다. 그 사람과의 만남도 그러했죠. 그러므로 우연한 모든 만남은 실제로는 예정된 것이 이루어지는 필연입니다. 그러나 우리는 늘 뒤돌아보면서 깨닫게 되지요. 앞날은 모릅니다.

이제는 그림을 명상이나 자기 성찰의 매개로 삼는 사람이 많습니다. 진행중인 전시회에서도 그림을 크게 확대해서 한쪽 벽에 걸고 다른 면은 비워놓은 상태로 관객이 바닥에 앉아 그림을 보면서 명상을 할 수 있게 해놓은 전시실도 마련되었다고 알고 있습니다. 그림을 그린 사람과 감상하는 사람은 그림을 통해 만날 수 있습니다. 그 깊이나 일치되는 느낌의 정도는 각자에게 달려 있죠. 그림은 영원히 그 상태로 남지만 상호작용의 다양한 가능성은 무한합니다.

누구나 그릴 수 있지만 아무나 그릴 수는 없겠죠. 캔버스 앞에서 스스로를 직면하는 것이 가장 중요합니다. 내 속에 있는 무언가를 끄집어내고, 붓으로 전달하고, 화폭에 그대로 투영되도록 하는 것이 중요하죠. 나의 외부에 나를 비운 틀이 하나 있는데 그 속에 나를 구현하는 것이라고 할 수 있습니다. 말은 쉽지만 직접 해보면 어려움을 잘 알게 됩니다. 지금 말씀 드린 것도 실제로 작업하는 과정 속에서는 잘 의식하지 못합니다. 그림이라는 건 작업에 들인 시간보다 바라보는 시간이 비교할 수 없을 정도로 더 깁니다. 작가의 손을 떠난 작품은 나름대로의 생명력을 스스로 창조해냅니다. 어떤 형태이든 물리적 실체를 남기는 예술의 힘이라는 건 바로 거기 있습니다.

슬픔은 지극히 순수한 감정입니다. 흔히 사람이 느끼는 감정을 희로애락이라고 하는데 다른 감정과는 달리 슬픔에는 이기심이나 가식적인 때가 낄 여지가 없습니다. 저는 아이들을 키우면서 한번도 우는 아이에게 울지 말라고 말하시 않았습니다. 품에 안거나 옆에서 기다려주기만 했죠. 그림을 보고 글을 읽으며 느끼는 슬픔은 사람 속에 있는 내밀한 감정이 건드려졌다는 점에서 의미가 있습니다. 기쁘고 즐거운 건 좋고 분노와 슬픔은 나빠서 피해야 할 감정이라는 생각은 맞지 않습니다. 솔직하지 않으면 성장의 기회를 놓치고 맙니다. 직시하고 마음의 눈을 돌려 내면을 들여다보아야 합니다.

　아니, 단 한 번도 없습니다. 나는 여기서 나의 죽음을 맞이할 겁니다. 좋다 나쁘다는 분석이나 판단에 의해서가 아니고 나의 의지로 나의 자존을 지켜내는 일이니까요. 물론 가족이 그립기도 하고 친구나 지인과의 만남과 교류가 고프기도 합니다만 나름대로 충분히 주고 받으며 살았습니다. 이제는 조용히 성찰하고 일상을 단순화해서 명료한 상태로 마지막을 기다리고 싶습니다. 어쨌든 이곳에서는 그렇게 살아가고 죽어가는 사람들과 함께 있기 때문에……. 서로 거울이 되어주니까요.

　그건 아무도 모르는 일이겠죠. 사무국에서 논의를 거쳐서 결정할 일이라고 봅니다. 더 많은 사람들이 이곳으로 들어오는 것도 중요하지만 여기서 지켜내는 삶과 죽음의 존엄은 조금도 양보할 수 없습니다. 이 움직임은 어차피 상업적인 것과는 거리가 멉니다. 또한 국가에서 제공하려는 노인 복지와도 결이 다릅니다. 이미 많은 사람들이 실패할 거라고 예견했음을 잘 알고 있습니다. 우리는 굳이 성공한다 실패한다, 그런 생각을 하지 않습니다. 다만 이 땅에서의 삶을 잘 마무리하고 육체에서 자유로운 영역으로 옮겨가는 일을 부드럽고 자연스럽게 할 수 있도록 서로 도울 뿐입니다.

젊은 사람도 자신의 건강을 확신할 수 없습니다. 그러나 하루 하루 몸에 맞는 적당한 음식을 소량 섭취하고 몸을 움직이고 마음을 살피며 하루하루 살아가는 삶은 변함없이 이어질 겁니다. 죽음은 언제라도 예고 없이 다가올 수 있지만 나를 비우고 준비할 수 있다면 당황하거나 무서워하지 않고 직면할 수 있을 겁니다.

인터뷰도 책의 판매량과 전시회에 영향을 미쳤다. 붐비지 않는 평일에 휴가를 내고 찾아와 단순한 그림이 걸린 방에서 오랜 시간 앉아 있는 사람들도 생겨났다. 누가 그림을 그렸고, 그 사람이 어떤 사람이고, 어떤 사조와 기법과 관련이 있고, 어떤 식으로 해석해야 좋은지 등 피상적인 사실에 대한 관심은 점차 사라졌다. 그림은 때묻지 않은 순수한 슬픔과 마음 안에 숨어있던 속 깊은 감정을 드러내는 매개체가 되었다. 그러나 그 슬픔은, 쓸쓸함은, 외로움은, 무거움은 거부하거나, 피하거나, 빠져나와야 할 부정적인 감정이 아니며 극복하거나 초월해야 할 대상도 아님을 자각하게 되었다. 늙고, 기력이 쇠하고, 치매에 걸리고, 죽음의 공포를 느끼고, 그 실체와 맞닥뜨리게 된 일련의 과정이 없었다면, 그리고 아빠를 만나지 않았더라면 할머니는 그림을 그리지 않았을 것이다.

나는 여러 번 전시장을 찾았고 할머니와 아빠를 만났다.

설립을 준비하던 때에는 부정적이었던 언론이 과격할 정도로 긍정적으로 돌아섰다. 그러나 더 큰 부작용의 씨앗은 그때부터 자라났다. 지원자가 갑자기 폭발적으로 늘어났다. 기존 시설에 수용할 수 있는 인원은 제한적이었기 때문에 신청자를 다 받아들일 수가 없었다. 문제는 거기서부터 발생했다. 유사 시설이 생겨나기 시작했다. 본래의 취지와 원칙을 지키며 사무국의 심사를 통과한 곳도 있었지만 그렇지 않은데 이름만 도용한 노인 수용시설이 우후죽순 생겨났다. 초기에는 사무국에서 일일이 새로 설립을 추진하는 시설들을 심사하고 부족한 부분을 보완하도록 협력했지만 나중에는 감당할 수 없을 정도가 되었다. 마치 한국 내의 모든 노인요양시설이 아웃랜드화될 것처럼 광적인 분위기에 휩싸였다. 이미 많아졌지만 갈수록 더 늘어나는 노인 인구와 그들을 부양하거나 비용 부담을 꺼려하는 가족과 그들이 속한 지역사회, 그리고 언제나 돈벌이만 된다면 득달같이 달려들기를 주저하지 않는 무리가 있었다. 환경을 고려하지 않은 채 교외의 저렴한 땅을 매입하고 급하게 건물을 짓고 노인들을 끌어 모았다. 완공되지도 않은 시설에 노인들을 수용한 뒤하루 한 끼 식사 원칙만 엄격하게 적용하고 다른 편의는 제공하지 않는 말 그대로 수용소 같이 운영하는 곳도 생겼다. 돈을 밝히는 사람들이 저지르는 악독한 일을 힘없는 노인을 상대로 벌였다. 그들의 만행은 몇몇 가족이 그들을 떠난 노인들의 죽음을목도하는 과정에서 하나 둘 드러나기 시작했고 여기저기서 법적 소송으로 비화되었다. 언론과 결탁한 유사시설 운영자들은죽은 노인의 자녀를 부모를 버린 패륜아로 매도하고 버려진 노인들을 받아준 자신들이 억울하다는 논리를 만들어 대응했다.사람들은 혼란에 빠졌다. 결국 시설들은 하나 둘 폐쇄되기 시작

했다. 그 와중에 노인들은 시설과 가정 사이에서 오도가도 못하는 신세로 방치되었다. 정부는 뒷짐만 지고 있었고 아무런 정책적인 지원도 하지 않았다. 일부 언론에서는 모든 부작용의 원인과 책임을 최초로 설립된 이웃랜드와 사무국으로 돌리며 비난을 퍼붓기 시작했다. 때마침 그때 사망한 한 노인의 가족이 그과정을 왜곡해 언론에 흘리면서 비난은 극에 달했다. 아웃랜드는 별도의 대응을 하지 않았다. 원칙적으로 한 번 들어가면 입주자가 특별히 원하지 않을 경우 밖으로 다시 나올 수 없는데일부 가족이 그 원칙을 깨뜨리고 무단으로 시설에 들어가 노인

들을 강제로 퇴거시키는 일까지 발생했다.

아빠는 모든 과정 속에 몸을 던져 고군분투했다.

급기야 국제 아웃랜드 본부에서 국내 시설에 대한 감사를 시작했다. 고통스런 논의가 몇 차례 이어졌고 아빠의 절망감은 더해만 갔다. 결국 최초로 설립된 1호 아웃랜드는 자체 붕괴를 선언했다. 나는 아웃랜드가 애초에 자체 붕괴할 경우를 대비한 매뉴얼까지 면밀하게 준비해 놓았다는 사실에 놀랐다. 사무국이 인정할만한 시설에 입주자들을 하나하나 연결하고 그 노인의 기대수명까지 비용이 충당되도록 금융권과의 연동도 고려되어 있었다. 아웃랜드 열풍에도 불구하고 제대로 운영되는 다른 노인수용시설도 적지 않았다. 아빠는 그 모든 과정과 고통을 묵묵히 감내했다. 함께 살았던 노인들을 모두 떠나 보낼 때까지 소수의 운영진과 함께 끝까지 남아 있었다.

그날은 아빠를 데려오기로 한 날이었다. 아빠는 한사코 만류했다. 어차피 붕괴를 선언했는데 무슨 미련이 남아서 그렇게 끝까지 책임지려 하느냐는 내 말을 듣지 않았다. 밤늦게 겨우 사무국을 통해 전화가 연결되었다.

내일 봐. 내가 데리러 갈게.

대답은 없었다. 나는 불안한 마음에 거의 뜬눈으로 밤을 보냈고 일찍 일어나 그곳으로 향했다.

시설은 한 개발업자에게 팔렸고 휴양시설로 개조될 예정이었다. 그곳이 실패로 돌아간 건 가슴 아픈 일이었지만 아빠와 다시 함께 지낼 수 있게 된 건 잘된 일이었다. 한국은 자체 붕괴를 선언한 최초의 사례가 되었다. 아빠는 그 사이 더 나이가 들었고 기력도 그만큼 쇠했다. 이젠 내가 보살피고 싶었다. 아빠는 나에게 줄 힘이 없고 나만 온전히 아빠에게 줄 여력이 있는 때가 다가오고 있다고 느꼈다.

사람들이 떠나간 그곳에서는 이미 황폐화가 진행되고 있었다. 계절의 변화를 겪은 초목만 무성하게 자라며 빈자리는 빠르게 채워졌다.

방문자 센터에서 아빠를 기다렸다. 초창기부터 아빠와 같이 일했고 운영위원회 위원이기도 했던 노인이 나타났다.

아, 따님께서 오셨군요.

네, 안녕하셨어요? 아빠는요?

네? 아, 선생님께서 얘기 안 해주셨나요?

무슨 얘기…….

떠나셨습니다.

네? 어디로요?

그저 갈 곳이 있다고만······.

내 얼굴을 쳐다보는 그의 표정도 어두워졌다.

여기 끝까지 남아서 챙겨 주셔서 고맙죠. 어르신의 몸도 하루가 다르게 쇠해지셨는데 사람들이 옮겨갈 곳에 대한 조사까지 다 하고, 직접 현장을 보고 확신이 생길 때까지 확인하곤 하셨습니다. 그 과정에서 오히려 대충 하자는 가족들과 다툼이 생기기도 했었거든요. 그럴 필요까진 없었는데 말이에요. 요즘은 건강이 더 안 좋아지셨는데 걱정입니다. 아! 누가 찾아오면 전해 달라고 하신 게 있는데. 이리 오시죠. 옷가지하고 책을 남겨 놓고 가셨습니다.

나는 얻어맞은 것처럼 멍한 상태로 일어났다. 사무실 한쪽 책상 위에 놓인 아빠의 짐은 종이 상자 하나에 전부 들어갈 정도로 몹시 단출했다.

아빠가 쓰던 방을 좀 봤으면 하는데요.

아, 그럼요. 그런데 짐을 다 치워서 뭐 볼 게 없을 겁니다.

그래도요.

사람들이 돌보지 않고 내버려 둔 잔디 마당에도 잡초가 우거져 있었다. 식물의 생명력은 어쩌면 동물보다 강할지도 모른다.

발 밑의 보도 블록 사이사이에서는 이름 모를 풀이 영역을 넓혀가고 있었다.

들어가시지요.

저, 죄송하지만 잠시 혼자 있을 수 있을까요?

네, 그러시죠.

아빠가 마지막으로 지친 몸을 쉬었을 작은 방은 적막으로 가득했다. 혹시나 떠난 곳을 짐작할만한 단서가 눈에 띄지 않을까 구석구석 눈길을 돌렸지만 덩그러니 놓인 침대와 책상과 의자 말고는 아무것도 없었다. 벽에는 그림을 걸어 놓았던 핀만 잔뜩 박혀 있었다. 지나간 일이지만 이 모든 일의 발단은 그 할머니와 아빠의 만남으로 시작되었다. 우리는 현재와 과거를 연결할 수 있지만 현재와 미래를 연결할 수는 없다. 나는 다만 한번이라도 더 아빠를 볼 수 있기만을 바라고 있었다.

죄송합니다. 오래 기다리셨죠?

아닙니다. 그나저나 아버님을 찾으셔야 할 텐데.

찾아 봐야죠.

그럼. 살펴 가세요.

혹시 그 다람쥐들이 나타나지 않을까 나무를 살폈지만 나타나지 않았다.

너희도 같이 간 거니? 남아 있었다면 너희에게라도 물어보려 했는데 …….

세차게 고개를 흔들며 운전대를 잡고 앉았다. 조수석에 놓인 상자는 아빠의 유골함 같았다. 일단 오두막을 향해 차를 몰았다. 마음은 내내 슬프고 불안했다. 아빠가 아웃랜드에 있을 때는 함께 살아가고 있다고 생각했다. 그러면서 다시 방문기간이 도래하기를 기다렸다. 그런데 이제는 그런 가정도 쓸모 없게 되어버렸다. 오두막에서도 아빠를 만나지 못한다면…….

아빠가 아웃랜드로 떠난 후 사람의 발길이 뜸해진 오두막 주변에는 적막이 흐르고 있었다. 며칠 전에 누가 다녀갔는지 냉장고에는 몇 가지 과일이 놓여 있었다. 거실의 한쪽 벽 전체를 차지하고 있는 책장의 한 쪽 구석에 상자를 놓아 두었다.

설마 저 상자가 내가 아빠로부터 받은 마지막 물건이 되는 건 아니겠지? 훌쩍 떠나갈지도 모른다는 생각이 들긴 했지만 이렇게 갑작스러운 행방불명 같은 방식은 아니야. 아빠, 이런 식으로 가버리는 건 곤란해요. 연락해요, 꼭. 이번에 만나면 마지막 인사라도 해 두게요. 떠나더라도 그 다음에 떠나요.

휴대폰을 열어 메일 박스를 확인했다. 아빠에게서 새로 도착한 메일은 없었다. 가장 최근의 메일을 열었다.

딸아, 미안하다. 아웃랜드가 이런 식으로 자체 붕괴를 선언하게 될 줄은 몰랐다. 붕괴하더라도 좀더 오래 운영되면서 많은 죽음을 처리하기를 바랬었는데 너무 일찍 닥쳤구나. 애초에 많이 바라지도 않았다. 그저 임박한 죽음을 관조하고 자연스럽고 편안하게 죽음을 맞이하도록 도와주다가 먼저 죽은 사람을 아직 죽지 않은 사람들이 보내고, 또 다음 사람을 보내고, 그렇게 시간을 흘려 보내기를 바랐을 뿐이다. 사람들이 악하구나. 내가 두 번째 철이 들면서 사람들이 나 같지 않음을 알았고 나 역시 본질적으로 온전히 악함으로부터 자유롭지 않다고 인정했다. 하지만 그런 경험은 나를 아프게 했다. 지금도 많이 고통스럽다. 어쨌든 여기 있는 마지막 날까지 사람들을 잘 보내주려고 한다. 최대한 편안하게 남은 날을 보낼 수 있도록 방편을 마련하는 것이 우리가 해야 할 일이니까. 그래야 내가 덜 미안하니까. 어차피 곧 다 만나겠지만.

이건 내 일이다. 너는 개의치 말고 살아가라. 네 시간을 보내며 살아가거라. 좋은 일이 네 앞에 많이 놓여 있다. 그런 의미에서 네가 부럽구나. 나는 이미 알아 버렸다. 나도 아직 모르는 것이 많기는 하겠다만 요즘은 새롭게 알거나 깨닫는 일이 거의 없다. 자연의 변화가 매 순간 새롭지만, 이제는 그것조차도 무한한 반복 속의 전형적인 변형으로만 느껴진다. 전적으로 새로운 것은 없다는 사실을 받아들이게 된다. 다행인지도 모르지. 나는 가능한 그 의미를 알고 시간을 무의미하게 보내지 않으려고, 사람들과 의미를 나누며 살기 위해 노력했다. 그래서 죽음이 그다지 불편하지 않게 다가오는 건지도 모르지. 내게 주어진 소명 같은 것이 있었다면 그건 내가 살아온 날에 다 담겨있으니, 그것으로 내 삶을 이해하라고 말하고 싶다.

다음에 소식을 전할 때는 이곳을 떠났겠구나. 애써 나를 찾지는 마라. 내 방식대로 소식을 전할 생각이다. 피곤하구나. 잠을 좀 자야겠다. 사랑한다.

글은 그렇게 끝나버렸다. 메일이 도착한 시각은 이른 새벽이었다. 불면을 암시하는 그 숫자도 내 눈을 아프게 찔렀다. 어디로 간다고 살짝 알려주기만 해도 좋았을 텐데. 이 노인의 매정함과 그 속에 담긴 사랑이 동시에 느껴져서 다시 몸을 떨었다. 나도 그렇게 할 수 있을까? 나는 그런 식으로 외로움을 견디며 삶의 마지막 시간을 보낼 수 있을까? 아빠는 그 정도로 강한 사람이었던가?

며칠 휴가를 내고 오두막에서 칩거했다. 아빠에게선 아무런 소식이 없었다. 불안하지는 않았다. 만약 죽었다면 어떤 식으로

든 나도 감지할 수 있다고 믿었다. 내가 어렸을 때 아빠는 나하고 텔레파시가 통한다고 했다. 아빠가 무슨 노래를 상상하고 있으면 내가 곧 그 노래를 불러서 놀랐다는 말을 여러 번 들었다. 자라면서 빈도와 강도가 줄었지만 서로 마음이 통한다는 건 말하지 않아도 안다.

꿈에서는 아무런 단서도 발견할 수 없었다. 그저 텅 빈 상태로 시간이 흘러가고 있었다. 하루에 몇 번씩 피아노 앞에 앉아 아빠가 즐겨 듣던 조지 윈스턴과 베토벤의 소품을 연주했다.

나는 어쩔 수 없이 집으로 돌아갔고, 표면적으로는 일상에 복귀했다. 오빠를 만나서 얘기를 해 봤지만 별 뾰족한 수는 없었다. 그저 아빠 얘기를 하면서 시간을 보냈고, 그러면서 아직은 오빠도 아빠를 보낼 준비가 전혀 되어있지 않음을 확인했을 뿐이다. 그렇게 시간이 흘러갔다.

그날 아침은 유난히 일찍 눈을 떴다. 휴대폰 알림 등이 깜빡이고 있었다. 간밤에 누가 메일을 보냈다.

아! 발신자가 아빠였다. 나는 소스라치게 놀라며 메일을 열었다.

8
죽음

아빠다.

마침내 이 메일을 네가 받게 되겠구나. 이 메일을 봤다는 건 내가 이틀 후로 지정된 예약 전송 설정을 다시 그 다음날 새벽으로 재설정하지 못했고 나에게 그럴 힘도 남아 있지 않기 때문이다. 이미 내 육체는 움직이지 않고 있겠지.

울지 말고 이 편지를 끝까지 읽어 다오. 몇 번 얘기한 적이 있었다만 나는 내 죽음을 스스로 선택하고 싶었다. 형태는 자연사가 되었으면 했지. 그 중에서도 아사, 즉 굶어 죽는 방식을 선택했다.

네가 지난번 장례식 참석차 왔다가 돌아가고 얼마 지나지 않았을 때 나에게 치매 증상이 나타났음을 자각했다. 중증은 아니었지만 치매의 분명한 징후라는 건 그간 여러 노인을 보살피면서 얻은 경험으로 알 수 있었다. 많이 놀라지 않았고 내색하지도 않았다. 차츰 증세가 심해진다고 느꼈지만 다행히 아웃랜드의 소멸 시기까지는 내 역할을 감당할 수 있었다. 티를 안 내려고 많이 애썼고 그 과정에서 에너지를 많이 소진해 버렸다.

　내가 마지막 시간을 보내고 있는 이곳에 대해 말해야겠구나. 이 집은 내가 오두막을 짓기 전부터 있던 친구 소유의 작은 주말주택이었다. 그 친구는 거의 은둔 생활을 하다시피 했지. 나 말고는 찾는 사람도 거의 없었다. 학창시절에는 그다지 친하지 않았지만, 나이 들고 다시 만나서는 허물없이 속 깊은 얘기를 할 수 있는 친구가 되었다. 내가 오두막을 지은 후로는 더 자주 찾았지. 그렇게 종종 만나 좋아하는 음악을 듣고, 책을 읽고, 깨달음도 나누곤 했다. 그러다 그 친구가 암에 걸렸다. 충격이 컸다. 나도 그랬지만 병원은 물론이고 약국에도 안 가던 사람이었으니까. 통증이 심해서 견딜 수 없게 된 후에 내가 알아차리게 됐다. 억지로 병원에 데려갔는데 이미 손을 쓸 수 없는 상태였다. 항암치료 같은 건 아예 생각도 하지 않았다. 그 이후로도 그 친구의 생활이 크게 바뀐 건 없었다. 좀 더 느리게, 적게 움직이고, 말하고. 하루가 한 호흡처럼 지나가기도 했다. 느리게 사는 게 가장 빠르게 사는 것이기도 하지. 자연치유도 다 소용없게 되고 몸은 날이 갈수록 쇠잔해서 기력도 거의 사라져 갔는데 그간 함께 공부한 게 효과가 있었는지 친구는 끝까지 명료한 정신으로 살아있었다. 내가 꿈꾸던 죽음을 친구의 죽어가는 모습을 통해 미리 보았다고 느꼈고, 내 죽음의 방식에 대한 확신도 생겼다. 그런 의미에서도 그 친구가 고맙구나. 임종도 나 혼자 했다. 숨이 넘어가는 순간에도 우린 서로 눈을 부릅뜨고 바라보고 있었다. 죽음은 명확했다. 친구가 지정해 놓은 몇몇 사람과 함께 장례를 치렀다. 그 녀석이 유언에 그 집의 사용권을 나에게 준다고 명시했고, 가끔 들러 사람 냄새가 완전히 사라지지 않도록 막을 수 있었다. 이제는 이곳이 나의 마지막 날을 채우는 장소가 되었구나.

주변을 정리하는 얼마간 물을 먹었고 다 마무리하고 나서는 식음을 전폐했다. 이 편지를 다 쓰고 난 후에는 육체적인 활동도 하지 않을 생각이다. 죽음은 천천히 내 안으로 들어오고, 나를 정복한 후에는 그마저도 빠져나가고 나는 자유로워지겠지. 그 상태는 무의 세계, 그 이후의 세계를 인식할 수 있는 내가 사라져버린 상태일 수도 있다. 아니면 육체만을 벗어 버리고 지금의 나를 온전히 인식하는 영혼 또는 의식이 영원히 이어지는 세계로 전이될지도 모른다. 나는 아직 완전히 확신하지는 못하고 있다. 기독교적인 사고방식으로 천국이라는 곳에 가게 된다면 예수를 만나고 싶다는 말을 농담처럼 하곤 했었지. 그를 만나면 아구창을 한 대 먼저 갈기고, 먼지를 털고 일어나면서 투덜거리는 그와 악수를 하는 상상을 하기도 했다. 써놓고 보니 가능성이 별로 없는 얘기구나. 이런저런 기대감은 아직 남아 있다. 가장 큰 기대는, 너도 알다시피, 네 엄마와의 재회다. 육체가 없어진 상태라서 어떤 식으로 다가갈 지, 만나면 어떻게 인식하고 인사하고 마음을 나눌지 기대된다. 어서 만나고 싶다. 나는 어느 정도 이 마음을 억제하고 견디면서 살아온 셈이다. 오래 견딘 거야. 너와 네 오빠가 그날을 많이 연장시켜 주었다.

이제는 이렇게 자판을 두드리기도 어렵구나. 첨부한 이미지 파일을 열면 내가 있는 곳을 표시한 지도를 확인할 수 있다. 추울 수도 있으니 따뜻한 옷 챙겨 입고 오거라.

아빠가.

한동안 움직일 수 없었다. 정신을 차리고 흘러내린 눈물을 닦아내고 일어나 짐을 챙겨 가방에 넣고 오두막을 향해 차를 몰았다. 지도에 표시된 장소는 거기서 산 속으로 더 들어간 곳이었지만 그렇게 멀지 않은 곳이었다. 오두막은 여전히 적막에 싸여 있었다. 차에서 내려 뒷산으로 올라가는 산책로를 따라가다가 지도에 표시된 지점에서 서쪽으로 난 샛길로 접어들었다. 잡초가 우거져 있었지만 사람이 좀 다닌 길인지 별로 어렵지 않게 앞으로 나아갈 수 있었다. 얼마 후에 작은 마당이 나타났다. 서쪽 사면이 이어지다 평평해진 곳을 바라보는 소박한 목조 건물이 자리잡고 있었다. 오두막의 손님용 별채와 모양도 크기도 비슷했다. 잎사귀 스치는 소리와 이름 모를 새들의 울음소리만 들려오는 조용한 곳이었다.

조심스럽게 문을 열었다. 향을 피워 두었는지 짙은 냄새가 풍겨 왔다. 잔잔한 음악이 흐르고 있었다. 창가에 작은 침대가 보였다. 내 시야는 이미 흐려졌다.

아, 이럴 수가. 이렇게 가 버리다니. 이럴 수가.

나는 비틀거리는 걸음으로 다가갔다. 마루바닥은 먼지 하나 없이 깨끗했지만 그 공간 전체가 습기가 전혀 없이 깡말라 있어서인지 발을 디딜 때마다 푸석거렸다. 뭔가 작은 물체가 움직이는 게 보여 눈을 훔쳤다. 다람쥐 한 마리가 침대 밑으로 달려내려가더니 창틀 위로 올라가 앉았다. 조심스러운 눈길로 나를 살피고 있었다. 다람쥐가 있었던 곳에는 가지런히 포갠 손이 있었다. 아빠의 손이었다. 옅은 코발트 색 옷을 입은 깡마른 노인이 누워 있었다.

아빠.

천천히 고개를 돌려 얼굴을 바라본다. 눈을 감고 있다. 입가에는 옅은 미소가 번지려다 말았다. 나를 바라보며 웃기 전까지 아빠의 표정은 그런 적이 많았다. 무관심한 듯한, 그러나 사람을 배척하는 게 아니고 언제라도 말을 건네면 환한 미소로 맞아줄 것 같은 표정이다. 창문이 약간 열려 있었는데 다람쥐는 그 틈으로 드나들 수 있었다. 그럼 다람쥐가 임종을 했단 말인가? 내 얼굴에서 시선을 떼지 않는 작은 동물의 눈동자는 또렷하다. 아웃랜드에 처음 방문했을 때 우리 일행을 반겨주었던 다람쥐 두 마리가 기억났다. 잠시 다람쥐의 눈을 빤히 쳐다본다.

네가 함께 있었니?

다람쥐가 눈을 깜빡인다. 내 볼 위로 다시 눈물이 흐르기 시작했다. 아빠의 얼굴을 만져본다.

차갑다.

가슴에 얼굴을 대 본다.

차갑다.

손을 포개 본다.

차갑다.

다람쥐는 이제 내 손을 바라보고 있다. 주인을 지키는 반려견 같다. 내 체온은 아빠의 몸 속으로 전달되지 않는다.

결국 자신의 죽음을 누구에게도 보여 주지 않았다. 홀로 자신에게 속한 죽음을 제대로 보기 위해서 그렇게 했다. 나도 함께 할 수 없었다. 아빠의 가슴 위에 엎드려 울었다. 흐느낌도 없이 눈물만 흘렸다. 살아 있을 때도 죽음에 대해 얼마나 많은 얘기를 나눴는지. 죽는 얘기 그만 좀 하라고 했었다. 그게 그렇게 중요하냐고, 그냥 재미있게 살기나 하라고, 좀 즐기라고 했었다.

다른 사람에겐 거의 보여 준 적이 없는 냉철함을 스스로에게 마지막으로 행사했다. 그의 무서운 면을 마지막 모습에서 엿본다. 얼마나 많은 시간 많은 말을 참아 삼켰을까? 힘들었을 텐데. 수많은 감정을 걸러내고 또 걸러내야 했을 텐데.

인생의 마지막 도전이었을 아웃랜드가 실패한 건 또 얼마나 고통스러웠을까? 결국 말릴 수 없었겠지만 가지 말아달라고 더 매달려볼걸 그랬다. 사람들을 다 챙겨가면서 진전되어가는 병을 감추기도 쉽지는 않았을 텐데.

누군가에게 기댈 구석이 된다는 게 얼마나 힘든 일인지 나는 잘 모른다. 나는 기대기만 했기 때문이다. 이제 아빠는 누구에게, 어떤 존재에게 기댈 수 있게 된 걸까? 아니, 거긴 아무에게도, 누구에게도 기댈 필요가 없는 곳일까?

아빠, 이젠 편안해요?

거긴 어때요?

엄마 있어요? 만났어요? 지금 같이 수다 떨고 있어요?

뭐래요? 잘 했대요?

할머니도 만났어요? 아빠한테 고맙다고 하죠?

아빠가 마지막을 함께 해준 분들도 다 거기 있어요?

천국이니 지옥이니, 그런 거 없죠?

다 하나이면서, 일부이면서 하나하나 구분되는, 아빠가 예상했던 대로의 세상이 거기 있나요?

영원히 지낼 수 있을 만큼 좋은 곳인가요?

나도 가면 함께 할 수 있죠?

생로병사는 없고 희로애락만 있는 거 맞아요?
희희낙락 아니고…… 그런 재미없는 세상이 아니고…….
그래서 여기랑은 완전히 다른 거죠?

아빠의 기억은 다 살아 있죠?
모든 게 다 되살아났죠?

보고 싶어하던 옛날 사람들은 다 만났어요?

헤세, 베토벤, 예수.

예수한테 주먹 날렸어요? 그렇게 사랑스러운 사람인가요?

모두 다 알아버린, 비밀이 없고 감출 게 없는 상태에서 사람들과 지내는 건 정말 좋은 거죠?

잘 있는 거, 맞죠?

나는 잠이 들었었다. 인기척을 느끼며 눈을 떴다. 아무도 없었다. 다람쥐도 집으로 돌아갔는지 보이지 않았다. 그러나 분명 누군가 옆에 있다고 느꼈다. 그리고 천천히 그 느낌이 멀어져 갔다. 아빠의 육체는 여전히 내 몸과 닿아 있는데, 그 무언가는 내 곁에 있다가 멀어져 가버렸다. 나는 다시 눈을 감고 그 감각을 기억하려 애썼다. 눈물이 다시 흐르기 시작했다.

아빠, 가는 거예요?

아빠, 이제 가는구나.

잘 가요.

고마워요. 고마웠어요. 내 아빠로 살아줘서 고마웠어요. 다른

사람이 아닌 당신이 내 아빠여서 고마웠어요. 언제나 내 마음
한 구석에 자리하고 있어 줘서, 쓸데없는 말 다 들어 주고 말
하지 않아도 내 맘 알아줘서 고마웠어요. 내가 힘들 때 기댈 언
덕이 되어 줘서 고마웠어요. 혼자 있고 싶을 때 방해하지 않고
떨어져 있어 줘서 고마웠어요. 엄마가 보고 싶다고 울 때 야단
치지 않고 아빠도 보고 싶다고 같이 울어 줘서 고마웠어요. 사
람들이 뭐라 그러건 내가 열 살이 넘도록 엄마가 쓰던 베개 안
고 다녀도 이해해 줘서 고마웠어요. 재혼하고 싶을 때도 있었을
텐데 아빠의 자존을 지켜 줘서 고마웠어요. 엄마라고 불러도 받
아줘서 고마웠어요. 마지막을 나와 함께 해 줘서 고마워요. 이
제 나도 기다리기만 하면 되죠? 고마워요. 이렇게 육체가 다가
아니고, 보이는 게 다가 아니라는 걸 내가 알 수 있게 해 줘서
고마워요. 아빠, 사랑했어요.

전화벨 소리에 눈을 떴다.
오빠였다. 해는 서쪽 하늘로 넘어왔고 옆으로 길게 퍼진 구름
뒤를 비추고 있었다.

오빠, 아빠가……

알고 있었구나.

여기, 오두막에서 멀지 않은 곳이야.

어, 내가 지도 보낼게.

애들? 같이 와도 될 거야.

나, 괜찮아.

어, 다 울었어. 이제 안 울어. 어서 와.

언니.

괜찮아요.

울지 말아요, 언니.

아빠 얼굴 편안해요.

아뇨, 무섭지 않아요.

네, 어서 와요.

오빠도, 언니도, 조카들도 이미 떠나 버린 아빠가 남긴 깡마른 몸을 바라보며 인사를 나눴다. 아이들은 그다지 슬프지 않은 표정이었다. 마치 깊은 잠에 빠진 사람처럼 대했다. 온기가 사라진 차가운 몸이었지만 우리들은 마음껏 그 몸을 만졌다. 아이들의 눈에서도 눈물이 흘러내렸다. 언니가 아이들을 데리고 나갔다. 오빠는 몸을 숙이고 아빠와 볼을 맞대고 눈을 감았다. 흔들리는 오빠의 등을 쓸어주고 밖으로 나왔다.

커다란 흐느낌이 들려왔다.
나는 언니를 부둥켜 안았다.

소리가 잦아들 때까지 기다렸다. 오빠가 느끼는 슬픔과 내가 느끼는 그것과는 어떤 차이가 있을까? 나보다 먼저 아빠를 만났고 그 만큼 더 오랫동안 함께한 사람이다. 슬픔의 켜도 그만큼 더 쌓였고 그 결도 나와 다를 것이다.
사방이 조용해진 후에 다시 안으로 들어갔다.

아빠를 물끄러미 내려다보는 오빠의 얼굴과 아빠의 얼굴이 닮아 있었다. 나는 이제 저 얼굴을 볼 때마다 아빠를 떠올리게 될 것이다.

조카들이 탁자에 놓여 있던 파란색 상자를 발견했다. 그 안에 다섯 통의 편지가 담겨 있었다.

오빠는 웃다가 울다가 했고, 언니는 말없이 눈물만 계속 흘렸고, 아이들은 엉엉 소리 내어 울다가 눈물 훔치며 웃다가 다시 조용해져서 끝까지 읽었다.

나는 편지를 읽지 않았다.

상자 한쪽 구석에는 작은 스테인리스 병이 놓여 있었고, 그 안에는 고운 뼛가루가 들어 있었다.

그날 밤 우리는 오두막에서 잤다.

아침에 다시 아빠에게 갔을 때는 추모관에서 사람들이 와 있었다. 곧 염을 할 예정인데, 새벽에 이메일을 받았다고 했다. 죽은 사람이 산 사람들을 움직이고 있었다. 치밀한 죽음이었다.

화장이 끝나고 유골함을 받아 추모관으로 갔다. 비어있던 엄마의 옆자리에 아빠의 유해를 안치했다. 많지 않은 사람들이 그 과정을 지켜 보았다. 현실인지 꿈인지 혼란스러웠다.

아빠는 가끔 꿈 속으로 들어왔다. 나는 언제나 어린아이였고, 아빠는 그 시절에 내가 좋아하던 아빠의 모습으로 등장해 나와 함께 놀아 주었다. 나는 나이 들어가고 있었고, 꿈 속의 아빠와 나는 그대로였다. 그 모든 꿈을 내가 꾸었는지, 아빠가 꾸었는지, 아빠의 꿈에 내가 들어갔는지, 내가 꾼 꿈에 아빠가 나왔는지 알 수 없었다. 다만, 그 꿈 속에서의 나는 꿈을 꾸고 있다고 알고 있으면서도 꿈이 되어 버린 현실을 즐길 수 있었다. 그 안의 아빠도 다 안다는 듯 걱정 없는 표정이었다. 아빠가 많이 보고 싶으면 잠들기 전에 말한다.

아빠, 오늘은 꼭 봐요. 나와서 말 좀 해줘요. 아빠가 어디 있는지 알 수 있게.

나는 오빠네를 자주 찾았다. 남은 사람들 중에 아빠를 가장 많이 닮은 얼굴들을 볼 수 있는 곳이기 때문이다. 조카들은 마치 할아버지가 어딘가 멀리 여행이라도 떠났다는 듯 아무렇지 않게 얘기했고, 덕분에 나는 아빠의 부재라는 현실에서 종종 도

피할 수 있었다.

우리는 아빠가 남긴 편지를 액자에 담아 벽에 걸어 놓았다.
공평하지 않게, 수신자를 향한 마음이 넘치도록 담긴 편지들이
었다.

9
다섯 통의 편지

아들,

지난 번 아웃랜드에 왔을 때 단둘이 산책했던 기억이 난다. 오랜만에 손을 잡고 거닐 수 있어서 좋았다.

네 손이 내 손만큼 커지고 있었던 중학생 시절, 아침잠에 푹 빠진 널 5분 간격으로 두세 번 깨우면서 손을 주물러주곤 했었지. 아, 이 녀석이 아직 손이 통통한 어린 아이로구나 하면서도 벌떡 일어났을 때 내 눈높이까지 커버린 너를 보며 대견해했다. 이제는 너로 인해 생겨난 아이들을 키우고 있는 아비가 된 너를 볼 때마다, 생각할 때마다 고맙다. 너는 엄마를 잃은 아픔을 나와 함께 견뎌낸 아이라서 더 그렇다. 네가 엄마에 대해 별말 하지 않고 자란 것도 사춘기 시절을 다른 애들보다 더 어렵게 통과한 것도 다 그 아픔과 연결된 것 같아서, 나는 잠든 네 모습을 보며, 등을 쓰다듬으며, 이마로 내려 온 머리를 쓸어 올려 주며 많이 울었다. 나는 진작에 너를 끝까지 거두겠다고 생각했다. 많이 걱정했기 때문에, 내가 불안했기 때문에. 그런데 너는 이겨냈고 한 남자로 자라났다.

요즘 일 때문에 많이 바쁘지? 그래도 시간을 내서 아이들과 애들 엄마와 시간을 보내려 애쓰고 있더구나. 고맙다. 그게 네가 할 일이다. 그래야 한다. 그 시간을 즐기고 만끽하려무나. 그 시간은 네 아이들과 네 아내의 기억에 고이 쌓인다.

나는 네가 홀로 서서 네 인생을 살 수 있기를 바랐다. 우린 모두 결국 그래야 하는 운명이니까. 그래도 네가 힘들면 나를 찾아와서 하소연도 하고 울기도 했던 게 좋았다. 그 속에서 나를 발견하기도 했고 나보다 훌륭한 나를 발견하기도 했다. 너는 나이기도 하니까.

돈을 벌려고만 하지 말고 잘 쓰면서 살아라. 가장 가깝고 소중한 사람에게 돈을 제일 먼저, 많이 쓰거라. 오두막은 네 명의로 등기해 놓았다. 잘 사용하기 바란다. 내 몸은 화장하고 네 엄마 옆에 두면 된다. 사람들 많이 부르지 말고 너희들과 내가 별도로 연락해둔 사람들과만 장례를 치러 주었으면 좋겠다. 가끔 네 꿈에 들어가서 내가 존재하고 있음을 확인시켜 줄게. 내 생각 너무 많이 하지 말고 네 자신과 아이들과 애들 엄마를 돌보며 살아가거라. 내가 바라는 건 그것뿐이다.

너는 좋은 아들이었다. 네가 할 수 있는 효도는 네가 초등학생 때까지 다했다. 나는 더 바라는 게 없었다. 그런데 너는 그 후에도 많은 기쁨을 선사해 주었다. 나는 행복했다. 네가 뭔가를 깨닫고 도전하고 성취해 가는 모습 하나하나가 나의 기쁨이었다. 네 앞에 놓인 어려움과 네 속의 혼란스러움에 고통스러워하고, 이별에 슬퍼하고, 세상의 부조리에 울분을 토할 때도 나는 좋았다. 그렇게 한 사람이 되고 성장하고, 내 아들이 그렇게 살아가는 모습을 가까이서 볼 수 있어서. 나는 이제 네 곁에 없다. 나는 네 속에 있다. 내가 너에게 준 모든 것이 네 안에 있다. 그리고 그건 네 것이다. 너도 네 아이들에게 그렇게 해 주렴.

네가 아주 어린 아이였을 때, 네가 해 준 말을 아직 기억한다. 내가 이렇게 물었었지.

아들, 아빠는 너 믿는 거 알지?

응, 아빠. 나는 이미 아빠 믿고 있어.

네가 나를 이미 믿고 있었다니, 나는 그 말을 가슴에 담았다. 아무리 힘든 일이 닥치고 내가 아무리 힘들어져도 어린 네가 전해 준 마음을 잊지 않으려 했었다. 그 믿음을 저버리지 않으려고 내가 이렇게 살았는지도 모르겠구나. 세상도 모르고, 삶도 죽음도 모르고, 아무 것도 모르던 어린 네가 그렇게 말해주어서 고마웠다.

어린 너는 네 동생의 태몽을 꾸었고 그 이야기를 재미있게 들려주어서 나를 놀라게 했다. 오빠가 꾼 동생의 태몽 이야기를 가끔 너희들에게 들려줄 때마다 나는 둘 사이의 유대를 확인하며 행복했다.

나는 다시 태어날 수 있다면 너의 엄마로 태어나고 싶다. 너를 내 품에 안아 젖을 물리고 내 안에서 생성된 양분으로 너를 먹이고 싶다. 내가 만든 양식을 먹고 무럭무럭 자라는 너를 보고 싶다. 어제와 오늘이 다른 네 통통한 손과 발과 볼을 비비며 키우고 싶다. 네 엄마에게 나도 안다고, 엄마의 마음을 안다고 자랑하고 싶다. 내가 너의 엄마가 아니었기 때문에, 엄마로는 너를 키우지 못했기 때문이다. 네 속의 빈 공간이 네 아내에게서 받는 사랑으로 채워지기를 바랐다. 네 엄마가 내 안의 빈 곳을 다 채웠듯이. 네가 아내 될 사람을 데려왔을 때, 그 사람과 얘기를 나누었을 때, 그 속에 있는 너를 향한 사랑을 알았을 때, 내가 너에게 주지 못했던, 줄 수 없었던 사랑을 주고 있는 사람임을 알았을 때, 바로 그 사람을 찾아 나에게 보여 주러 왔을 때 나는 정말 기뻤다. 그런 네가 고맙다. 잘 살거라. 원 없이 사랑하며 살아라. 힘들면 나에게 오거라. 꿈에서라도 너를 도와주마.

네가 더 나이 들고 늙어서 나와 비슷한 모습이 되는 날이 오겠지. 그 모습을 바라보는 내 마음을 미리 읽어 본다. 네 곁에서 같이 늙어 가는 네 사람과 함께 늙은 네가 보인다. 너는 나보다 더 늙어서 노년의 여유를 만끽해라. 몸의 단련도 게을리하지 말아라. 너를 의지하는 사람이 최소한 네 사람 있다. 너도 힘들면 그들에게 의지하며 쉼과 힘을 얻고 살아가라.

오래도록 네 삶을 즐기기 바란다. 지금 하는 일, 지금 생각하는 것, 지금 중요하다고 여기고 많은 시간과 노력을 들이는 것 속에서 좋은 의미를 발견하기 바란다. 나는 미천한 돈벌이에서 벗어나 자유롭게 되기까지 너무 많은 시간이 걸렸다. 너는 그러지 않기를 바란다.

품위를 잃지 말아라. 멋진 옷을 입고 집을 나서라. 네 눈빛이 사람의 마음을 움직일 것이다. 거짓이 없지만 비밀을 간직한 사람이 되어라. 얇고 깊은 관계의 친구들이 있어 말년이 심심하거나 복잡하지 않고, 단순하고 편안하고 즐거운 나날이 네 앞에 놓이기를 바란다. 아이들에게 너의 이야기를 들려주도록 해라. 네 아이들이다.

성장한 너는 내게 큰 의지가 되었다. 건재한 네 모습을 보면 나는 눈물 나게 좋았다. 내가 편안한 마음으로 떠날 수 있는 건 잘 살아가는 네가 있기 때문이다.

아들, 고맙다.

사랑한다.

안녕.

딸아,

힘들었지?

이제 쉬거라. 너는 나를 떠나 보내야 한다.

나는 네가 나를 향해 쓰는 마음을 좋아했다. 나는 내가 그런 사랑을 받을 자격이 있는 아비인지를 생각했고, 네가 내 딸임을 확인했고, 그 사랑을 받는 너의 유일한 아비라서 기뻤다. 어린 시절 네 손을 잡고 다니던 산책이 어찌나 좋던지. 아무리 늦은 밤이라도 우리는 집을 나섰지. 재잘거리는 네 목소리를 들으며 바라보던 청명한 하늘을 기억한다. 내 중년의 황망한 시절을 네 어린 시절이 그렇게 채워줘서 나는 더 잘 견뎌낼 수 있었다.

내가 꾸었던 네 태몽을 기억한다. 커다란 별들이 까만 밤하늘에 총총하게 떠 있었지. 너는 내 마음속에서 빛나는 별이었다. 조금만 기다리면 언제나 떠오르는 별, 조금만 시선을 모으면 하나씩 둘씩 더 잘 보이게 되던 별 말이다.

더 할말이 없을 정도로 많은 말을 해주었는데도 또 할말이 생기는 게 신기하기도 했다. 너와 두런두런 나누던 이야기, 그 일상의 편린. 내가 가는 그곳에는 그런 것이 있을지. 없다면 다른 무엇이 빈 시공간을 채우고 있을지. 네가 오면 하고 싶은 이야기를, 꿈에서 못 나눈 이야기를 나누자. 한 순간에 다 나누고, 매 순간 나누고, 그렇게 그곳에서의 시간도 채워가면 되겠지. 이제 너에게도 한 사람이 필요하다. 너의 특별함과 평범함을 함께 공유할 수 있는 사람이면 좋겠다. 그러나 너무 따지지는 말아라. 그랬다면 나와 네 엄마도 결혼하지 못했을 거다. 네가 딸이 되고, 친구가 되고, 엄마가 되고, 그런 변화를 같이 겪어 내면서, 네 아들처럼, 친구처럼, 아빠처럼도 될 사람이 있을 거니까. 내가 따지는 건가? 그냥 네가 좋아하는 사람이면 된다. 나도 네 엄마도 그랬다.

너와 함께 맞았던 아침을 기억한다. 음악을 먼저 틀어놓고 네 침대 곁에 앉아 깨우기 아까울 정도로 평화롭게 잠든 네 얼굴을 바라보고, 보드라운 볼에 입을 맞추고, 나직한 목소리로 아침이 왔다고 알리던 시간. 아침에 애들을 깨우면서 화내지 말자는 원칙이 있었지만 애써 지키려고 노력할 필요가 없었다. 잠이 덜 깬 너를 안아 올리면 내 품에 떡처럼 붙어서 마지막 단잠을 즐기던 네가 어찌나 사랑스럽던지. 네가 스스로 일어날 만큼 자라났을 때는 오히려 더 어렸을 때의 너를 그리워하기도 했지. 네 어린 시절과 내가 잘 모르는 네 엄마의 어린 시절을 동일시하기도 했다. 엄마가 보고 싶다며 눈물을 흘릴 때 나는 속으로는 울면서도 마치 일상적인 일처럼 네게 엄마에 대한 이야기를,

내 그리움을 함께 나누려 애썼다. 울다가 잠든 너를 자리에 눕히던 내 마음을 너는 알까?

언젠가는 네 아이들을 낳아 기르고, 사랑을 주고, 네 이름처럼 좋은 흔적을 남기며 살기를 바란다. 네 속에 있는 사랑을 다 주고, 또 하나의 네가 그 아이에게 전해져서 네가 아닌 그 아이가 되도록 말이다. 너를 닮은 아기를 안은 네 모습이, 그 아이를 바라보는 네 눈길이 아름답구나.

내 죽음의 방식에 대해 안타까워할 필요는 없다. 예상보다는 힘들지 않다. 느린 죽음이라고 할 수 있겠다. 배고픔은 금방 적응되었지만 목마름은 좀 힘겨웠다. 내 몸 속 저 멀리에서부터 아주 미약한 물기가 올라와서 침샘으로 배달되는 느낌이다. 지금도 입안에는 약간의 물기가 있다. 눈에도 약간. 그래서 보고 중얼거릴 수 있다. 이제 편지를 다 쓰고 나서 잠들었다가 일어나면 그마저도 말라 버리겠지. 그럼 그 순간이 임박했으니 맞이하면 되겠지.

이보다 더 자연스럽고 인위적이고 계획적인 죽음은 없을 거야. 나 정도의 인내심과 의지만 있다면 충분히 가능하니까 많은 사람들이 선택할 만하다고 생각한다.

네가 내 인생에 들어와 주어서 고마웠다. 너와 지낸 시간이 채 2년이 안 되었던 네 엄마는 네가 기쁨만을 주었다고 말하곤 했다. 그렇게 말하던 네 엄마와 너는 많이 닮았다. 나와 함께 하는 동안에도 너는 그랬구나 싶어서 고맙다. 네가 채색해 준 다채롭고 따사로운 빛이 가득 떠오른다. 그렇게 너는 내 기쁨이 었다. 고맙다. 사랑한다.

　잘 있거라.

　잘 살거라.

내 아들의 사람에게,

고맙다.

처음 너를 보았을 때를 기억한다. 너는 조금 긴장했더구나. 나 역시 약간 그랬을지도 모르겠다. 그래, 처음이었으니까. 내게 가장 소중한 사람이었던 아이가, 소년이, 청년이, 그 한 사람이, 또 한 사람에게 그만큼, 아니 그보다 더 소중한 사람이 되었다는 사실을 확인하는 자리여서 그랬을 거다. 두 사람이 서로 사랑한다는 건 말할 필요가 없었다. 나는 아들이 언제 그 한 사람을 내게 보여줄지 궁금했었다. 편부 슬하에서 자라며 여성성을 제대로 경험하지 못했기 때문에 마음 한 켠이 늘 안타까웠다. 내가 결혼을 하고 아내로부터 그 사랑을 받아들이면서 제대로 된 남자가 되었으니, 내 아들도 그런 사람을 만났으면 했다. 그렇게 한 사람을 성숙한 남자로, 아빠로 자라게 해준 네가 고맙다.

내가 아무리 젊은 사람들에게 짐이 되지 않으려고, 불편을 끼치지 않기 위해 애를 쓴대도 서로 살아온 환경과 몸과 기억에 새겨진 것은 지울 수가 없다. 그래서 때로 불편했을 수도 있었을 텐데, 오히려 더 솔직하게 마음을 열고 얘기해 주어서 고마웠다. 네가 한 말을 지금도 기억한다.

아버님과 저는 한 남자에 대한 사랑 때문에 만난 거예요. 형태가 다르지만 각자의 사랑은 서로 비교할 수 없는 절대적인 것이죠. 서로 그 사랑을 존중하기만 한다면 우린 계속해서 이 남자를 각자의 방식으로 차지할 수 있어요. 아버님이 이 사람을 독립적인 인격체로 일찌감치 대우해 주셨기 때문에 제가 이렇게 말씀드릴 수 있어요. 잘 지켜봐 주세요. 제가 이 사람 힘들게 하면 갈 곳은 한곳 밖에 없으니 잘 받아주셔야 해요.

어디서 그런 고운 마음을 가진 사람을 찾았는지, 어찌 이런 사람을 길러냈는지. 나는 고마울 뿐이었다. 자신의 세계를 간직하고, 서로 존중하면서 자유롭고 진지하게 대화하는 모습도 좋더구나. 내가 길게 누리지 못한 부부간의 정을 오래도록 쌓아갈 수 있다니 나는 너와 내 아들이 부러울 뿐이다.

아이들이 잘 자라고 있는 건 다 네 덕이다. 조만간 아이들의 날개도 돋아나겠지. 어미는 떠나 보낼 준비를 해야 한다. 잘 날아오를 수 있도록 보내주는 것 말고 부모가 할 수 있는 건 별로 없다. 그래서 결국 두 사람이 남고, 독립된 두 사람 사이의 정이 남는다. 내가 네 아이들과 시간을 많이 보낸 건 너에 대한 내 사랑의 표현이기도 했다. 나는 어린 시절을 세 번 겪은 셈이다. 내 것, 내 아이들의 것, 내 손주들의 것까지. 거듭할수록 더 좋았다. 너도 네 아이들의 아이들에게 그 사랑을 전해줄 수 있기를 바란다.

엄마니까, 나 보다 더 깊고 다채로운 사랑을 가지고 있으니 걱정하지 않는다. 네 삶을 살아가라. 혼자서 여행도 떠나라. 나이 들어서 떠나는 단독 여행은 나름대로 묘미가 있다. 그때 힘들지 않도록 건강도 잘 챙기고 아이들보다 더 좋은 음식을 먹도록 해라.

본 적도 만난 적도 없는 내 아내에 대해 마음을 열어주어서, 내가 그리움 때문에 들려 준 아내에 대한 이야기를 잘 들어주어서 고맙다. 나중에 다같이 만나 끝없이 얘기할 날도 오겠지. 그때는 내가 주로 두 사람의 얘기를 듣고 있겠구나. 얼마나 편안하고 재미있을지 벌써 기대가 된다.

모쪼록, 잘 살아라.

너는 좋은 아내, 아름다운 엄마다.

내 보석들,

　오두막에서 즐겁게 뛰놀던 너희들 생각이 많이 날 거야. 순수한 마음으로 할아버지를 사랑해 주어서 고마웠다. 나는 이제 영원한 세계로 여행을 떠난다. 사람이라면 누구나 한 번 거쳐야 하는 자연스러운 과정이지. 내가 언젠가 얘기했지, 사람은 정말로 죽지는 않는다고. 언젠가 너희들도 그 말의 의미를 알게 되겠지만, 사람의 영혼은 영원히 살아간다. 우리가 다 알 수는 없지만 말이다.

　많이 보고 싶을 거야. 맑고 밝은 웃음과 평화롭게 잠든 너희들의 얼굴이 벌써 그립다. 함께 벌레를 잡고 물놀이를 하고 내가 요리한 음식을 맛있게 먹던 모습도, 처음으로 은하수를 보았을 때 너희들이 느꼈던 경이로움과 빛나던 눈동자도 기억난다. 그렇다. 자연은 위대하고 인간의 삶은 그 사실을 알아가는 과정이다. 미처 생각하지 못했던 말로 나를 놀라게 한 적도 많았지. 덕분에 나도 새로운 시각을 발견할 수 있었다.

　내가 아플 때 너희들의 위로와 눈물은 나를 낫게 하는 약이었다. 팔다리를 주물러 주던 너희들의 손길을 잊을 수 없을 거야. 내 건강은 너희들이 준 선물이었다. 고맙다.

　내 보석들의 앞날이 다채롭고 평화롭고 경이롭고 충만하기를.

매일 잠을 통해 새 날을 살아갈 힘이 솟아나기를. 그럴 수 없을 때 내게 힘이 되어줄 가족이, 친구가 곁에 있기를.

새로운 경험을 통해 성장하는 삶을 살기를. 그리고 언젠가는 스스로 새로움을 만들어내고 사람들과 사회와 나누는 삶을 살기를.

좋은 선생님을 만나기를. 지혜와 사랑을 전해주는 인생의 선배를 만나기를. 너희들도 그런 사람이 되어 받은 사랑을 흘려보내기를.

아무도 가보지 않은 길에 첫 발을 내디딜 수 있는 용기를 가지기를. 때로 두려움이 엄습해도 이겨내고 나아갈 힘을 갖게 되기를. 그리고 그 길이 익숙해진 다음에는 자만하지 않기를.

마음을 전하는 게 뭔지, 어떻게 하면 되는지 알게 되기를. 그래서 너희들 주변에 사랑하고 사랑 받고, 순수한 우정을 나누는 친구들이 있기를.

겉모습보다 속이 알찬 사람이 되기를, 사람의 겉모습이 아닌 속을 들여다볼 수 있는 눈을 가지기를. 멋을 알고 즐기는 사람이 되기를.

나이가 들어도 어린 아이처럼 달려나갈 수 있는 대상이 있기를. 그래서 일상이 재미있기를, 충만하기를.

아무것도 따지지 않고, 아무 말도 필요 없이, 아무 때라도 가서 편히 쉴 수 있는 사람이 있기를. 그래서 세상이 무너져도 무너지지 않을 바위 같은 든든함을 갖고 살아가기를.

그리고 너희들이 서로 의지하기를. 세상에 둘도 없는 오누이로 잘 살아가기를.

할아버지를 기억하고, 나중에 나처럼 늙었을 때도 내가 너희들 곁에 있었음을 기억하게 되기를.

사랑한다.

건강해라.

잘 자라거라.

안녕.

여보,

　당신에게는 군이 편지를 쓸 필요가 없을지도 모르지만, 그래도 인사는 하고 싶어서 이렇게 적는다. 애들한테 보내는 편지를 다 쓰고 나니 기력이 많이 소진되어버렸어. 편지를 쓰다가 당신을 보러 떠나게 될지도 몰라. 그래도 좋아.

　당신을 잃고, 당신과 함께 채우던 시간을 어떻게 할 줄을 몰라서 당신이 남겨놓은 책을 읽기 시작했어. 당신을 이해하려고, 좀더 알려고, 당신이 느꼈을 감흥을 같이 느껴보려고 했지. 그러다가 나도 마침내 탐서주의자, 탐독자 비슷하게 변했어. 그리고 좀더 시간이 흐른 후에는 글을 쓰기 시작했지. 왜 그랬는지는 나도 잘 몰라. 그냥 그게 좋았어. 당신의 부재로 텅 빈 시간이 잘 채워져 갔으니까. 처음 적었던 글을 지금 읽으면 유치해서 얼굴이 붉어질 정도야. 당신에게 보여주기에도 부끄러워. 그래도 그 과정이 필요했을 테니까 의미가 있어. 그러면서 지금까지 지루하지 않게 살 수 있었어. 아이들이 독립하고 내가 더 궁극적인 외로움에 직면하게 되었을 때도 마찬가지였어. 그런 외로운 시간에도 당신은 내 마음 속에 있었지. 내 안에 들어와 지금도 내 속에서 살아가고 있는 당신. 내가 당신을 그런 존재로 만들어 갈 수 있게 사랑해 주어서 고마워. 나는 내 사랑을 당신에게 다 주지 못했기 때문에 그렇게라도 해서 돌려주고 싶었나 봐. 당신이 그 마음을 알아 주기를, 곧 당신을 만날 텐데, 당신이 나를 미워하지 않기를 바라는 거야. 나를 안아 줄 거지? 오랫동안 그리워하고 생각해왔는데, 실제로는 어떨지 잘 모르겠어.

당신이 얘기해준 대로 아이들을 내 슬하에서 키웠어. 힘들기도 하고 고통스럽기도 했지만 아이들은 최소한의 안정감은 간직하며 자랐다고 생각해. 내 생각이지만 말이야. 아이들이 커 가면서 나에게 준 기쁨이 모든 힘든 일들을 몇 배로 상쇄하고도 남아. 하지만 당신의 빈 자리를 메울 수는 없었어. 다만 내가 채울 수 있었던 건 다 하려고 노력했지. 야단치는 역할과 위로하는 역할을 동시에 해내는 게 쉽지는 않았어. 아빠인데, 엄마처럼 되어야 할 때도 있었지. 가끔은 혼란스러웠어. 아들은 당신을 잃은 슬픔과 분노로 힘들어 했지만 자라면서 극복했고, 내가 거두지 않아도 될 만큼 튼튼하게 성장했어. 그 아이가 아이들을 낳고 기르는 모습을 보면서 당신이 얼마나 안심했을지, 얼마나 기뻐하며 울었을지 알 수 있어. 좋은 사람을 만나 가정을 이루고 우리가 줄 수 없는 것을 주고 받으며 사는 모습을 바라보면서 무척 기뻤어. 지금도 그 생각을 하면 흐뭇해. 내가 그곳으로 가면 이 아이들의 삶을 함께 바라볼 수 있겠지?

꿈에 나온 당신의 모습으로 지금의 나를 만나게 된다면 좀 억울해. 나는 늙어서 죽어. 그 상태로 당신을 만난다면 젊은 당신과는 잘 안 어울릴 거니까. 혹시 그렇게 되더라도 나를 늙은이 취급하지는 말아 줘. 그래도 당신이 나온 꿈 속에 등장한 나는 이런 노인은 아니었어.

당신이 나와 함께 했던 시절은 힘들기도 하고 좋기도 해서 평생을 두고 얘기할 수 있을만한 일을 다 겪었지. 영영 누군가에게 온전히 마음을 열지 못할 것 같던 나에게 당신이 다가왔어. 내 속으로 들어와 사랑을 하게 해 준 당신. 사랑은 온 몸과 마음을 던지고 부딪히고 깨지고 깎이면서 희로애락과 생로병사를 함께 겪어내는 것임을 알게 해준 당신. 그런 당신이 좋아. 게으른 내가 이만큼이라도 사람 구실을 하면서 살았던 건 그 사랑 때문이야. 막내를 업고 큰애의 손을 잡고 버스 정류장까지 나와서 나를 기다리던 당신의 빛나는 눈동자가 떠올라. 아이들이 잠든 늦은 밤 퇴근길에 나를 향해 돌진하다 몸을 던지던 당신. 부끄러워하며 내 품에 알몸으로 안기던 작은 새 같았던 당신. 내가 기억하지 못하는 엄마의 품을 느끼게 해 주었던 당신의 품. 탈진한 내 가슴팍에 얼굴을 기댄 채 눈을 깜빡일 때 내 살에 닿던 당신의 속눈썹이 일으키던 기분 좋은 간지러움을 기억해. 그곳은 육체도 물질도 없는 세계일 테니 몸이 없이는 불

195

가능한 이런 느낌은 꼭 간직하고 싶어서 다시 기억으로 저장해 두려는 거야.

오랜 기다림이었어. 하루하루가 잘 가는구나, 매년 연말이면 한 해가 또 가는구나 느끼기도 했지만, 이렇게 늙도록 살아 버렸어. 이제는 그만하고 싶어서 이렇게 굶고 있어. 그곳에선 시간이 흐르지 않을 수도 있고 한 방향이 아닐 수도 있을 테니, 기다림도 여기서처럼 힘들지 않았을 거라고 생각해. 그래서 당신과의 첫 만남은 나에게만 감정적인 의미일 지도 몰라. 그렇더라도 나를 따뜻하게 맞아줘. 내 모든 생활이 당신 마음에 들 수는 없었겠지만 나름대로 애쓰며 살았어. 같이 우주여행 하면 재미있겠다고 했던 기억이 나지만, 이제는 의미가 없어.

이제 힘이 없어. 지금 누우면 아마 다시는 일어나지 못할 거야. 나의 마지막을 당신과 함께하고 싶었어. 조금만 더 기다려줘. 내가 간다. 당신에게로 다시 내가 간다. 몸을 떠나지 못해서 가지 못했던 내 마음이, 이제는 몸을 떠나서 당신을 향해 갈 거야. 나를 잡아 줘. 내 눈을 바라봐. 내 손을 잡아. 나를 안아줘.

사랑했다.

사랑한다.

내사람.

10
마지막 메모

몇 달이 지났다. 오빠가 아빠의 유품을 모아 오두막의 방 하나를 꾸미겠다고 했다. 조카들이 그 생각을 처음 했다. 아이들은 아빠가 준 소소한 물건을 많이 가지고 있었다. 조카들의 말을 듣고 언니가 아이들이 가지고 있던 유품을 모아보니 꽤 많았다. 그 이야기를 듣고 나도 아빠가 남긴 물건을 꽤 가지고 있으니 함께 하겠다고 했다.

내가 보관하던 아빠의 유품을 꺼내 하나씩 살펴보면서 연관된 추억을 곱씹을 수 있었다. 그 중 휴대폰이 있었다. 아빠가 마지막까지 누워있었던 침대의 머리맡 탁자에서 발견했었다. 충전 케이블을 연결하고 전원 버튼을 눌렀다. 첫 화면은 아웃랜드에서 바라본 일몰이었고 바탕화면은 새하얀 보름달을 찍은 월출 장면이었다. 세상을 떠난 사람의 휴대폰과 너무 잘 어울리는 사진이었다. 미소를 지으며 바라보다가 아빠가 항상 이용하던 메모 앱을 실행했다. 평소에도 아빠는 시도 때도 없이 떠오르는 생각을 놓치기 싫어서 바로 메모하곤 했다. 그 속에 아빠의 마지막 글이 적혀 있었다. 마지막 메일을 받기 하루 전에 저장된 메모였다.

　이제는 걸음을 옮길 수가 없다. 노예에게 일체의 음식물 제공을 금지시키고 굶어 죽었다는 옛 로마인들이 새삼 대단하다고 생각한다. 평소에도 별로 많이 먹지 않는 나와는 달리 그들은 차고 넘치게 먹어대던 사람들이 아니었던가? 배고픔보다는 허전함을 느낀다. 그래서 허기라고 부르는 건가? 정신은 정신대로, 몸은 몸대로 원하는 게 있다. 명확하게 분리되어 서로 싸운다. 내 미약한 정신이 집요하게 들러 붙는 몸의 요구를 뿌리치기란 쉬운 일이 아니다. 지금이라도 당장 전화를 하고 싶고, 물한 방울을 입에 적셔 주기를 바라는 이 치열한 욕구는 몸의 욕구인가, 정신의 요구인가. 그러나 나는, 내가 이렇게 의식하는 내 정신은 그 요구를 들어 주지 않을 것이다. 이것은 나의 마지막 싸움이고 내가 이승에서 하는 최후의 행위다. 이겨내고 싶다.
　아이들에게는 물 흐르는 것처럼 살아가라고 했다. 뭘 억지로 할 필요는 없다고, 그래도 충분히 격류와 격랑을 겪게 된다고 했다. 죽음 앞에서, 쇠잔해 가는 몸을 끌고 다니면서, 흐릿해져 가는 정신 줄을 잡고 나가면서 물 흐르듯 한다는 건 뭘까? 무서우니까, 좀더 여기 있고 싶으니까, 그것이 자연스러운 욕망이라면 순응하는 게 맞을까? 그것에 대해 역행하려는, 멈추려는 또 다른 의지에 따르는 게 맞을까? 알 수 없지만 이미 접어든 길의 끝까지 가보려 한다. 다시 뱃속이 아프다. 견딜 만하다. 먹이를 달라고 찾아온 다람쥐에게도 음식을 주지 않았다. 처음에는 당황하며 고개를 갸웃거리던 녀석들이 이제는 무언가를 받고 싶어서가 아니라 그저 나를 보러 오곤 한다. 그 중 하나는 나한테 먹을 것을 가져다 준 적도 있다. 세상에 미물이란 없다. 모두 가치가 있다. 샤워를 하면서 몸 크기가 3밀리도 되지 않는 하루살이를 바라보면서도 같은 생각을 했었다. 그 미물도 먹고, 싸고, 놀고, 날고, 기고, 종족을 번식시킬 수 있는 모든 기능을 작은 몸 안에 완벽하게 갖추고 있다. 나의 생은 이제 여기서 끝나고 다른 국면으로 접어들 것이다. 그것들에게는 그 길이가 상대적으로 짧을 뿐이다.

199

뱃가죽이 등에 붙는다는 말을 실감한다. 누워서 잠을 잘 수가 없다. 갈비뼈가 끝나는 지점에서 수직으로 꺾인 살가죽은 말 그대로 등에 붙어 버렸다. 위와 장과 주변의 모든 장기 속에 들어 있어야 할 공기나 가스조차도 거의 남지 않았다. 신기한 것은 얼굴이다. 피골이 상접한 모습을 스스로 알아보지 못할 것 같았다. 그런데, 어제 바라본 창유리에 비친 늙은 남자의 얼굴은 분명 내 얼굴이었다. 내가 평생 간직한 얼굴, 내 서명을 고스란히 보여주고 있었다. 나를 보러 올 아이들에게 부끄럽지 않은 얼굴이기를 바랐는데 그건 문제없게 되었다. 이제는 모로 누워서 아주 천천히 자판을 두드려야 한다. 몸을 틀기도 몹시 어렵다. 말 그대로 푸석푸석한 상태다. 피부는 물론이고 한 꺼풀 밑의 조직에도 물기는 대체로 사라져 버렸다. 움직이면 모래가 쓸리는 소리가 들린다. 아직 눈과 입에 습기가 조금 남았다. 그 미약한 축축함도 점차 사라져 간다. 이제 나는 바싹 말라 죽는다. 대지에서 물기를 길어 올리지 못해 죽은 나무와 비슷한 죽음을 기다린다.

아, 다시 살아 있다. 지난 밤에는 죽을 거라고 생각했는데. 아침 햇살이 눈꺼풀에 닿았다. 찢어지는 아픔을 견디며 눈을 떴다. 다시 빛을 보고, 하루가 시작된다. 메일 발송일을 다시 하루 더 뒤로 조정해 두었다. 그렇게 간단한 동작을 하는 데도 오랜 시간과 노력이 필요했다. 섬광이 다가왔다 사라지기를 반복한다. 마치 마른 하늘아래 날벼락처럼 나를 정면으로 때린다. 그런데 죽지 않고 있다니. 내가 이렇게 명줄이 긴 놈이었던가? 내가 이토록 질긴 놈이었던가? 이젠 암흑이 다가온다. 아직 밤이 오지 않았는데 칠흑 같은 어둠이 다가왔다가 갑자기 걷힌다. 죽기 전에 공포에 질린 사람들이 무섭다고 하는 어둠인가? 나는 무섭지 않다. 이러다가 경계를 만나게 될까? 내 숨이 넘어가는 딸깍 소리를 들을 수 있을까? 그 찰나의 순간에 나는 이승과 저승의 경계를 넘어갈 것이다. 듣고 싶다. 알면서 넘어가고 싶다. 제대로 죽음에 대해 기록하며 건너가고 싶다.

다람쥐들이 내 발치에 앉았다. 부드러운 꼬리털을 비비며 몸속 가득 순환하는 생명의 움직임을 드러낸다. 그 속은 생기를 실어 나르는 물로 가득하다. 한 마리가 내 눈 앞으로 다가왔다. 마치 말하는 것처럼 물끄러미 쳐다본다.

이제는 돌이킬 수도 없는 지경에 이르렀지만 후회하지 않는다. 아니 그럴 수 없다. 나는 충분히 살았기 때문이다. 내 예상보다 오래 살았다. 부끄러울 정도로 오래 살았다. 오래 살고 싶어서 안달하고 노화 때문에 생겨나는 신체기능의 퇴화를 받아들이지 못하고 힘들어하는 사람들을 보면 속으로 비웃었다. 나는 그 퇴화의 끝을 향해 가고 있다. 자기 몸을 가누지 못하는 상태, 물로 가득했던 곳에서 공기 속으로 밀려나와 호흡법을 바꾸고 적응하지 않으면 살 수 없는 상태, 내가 이 세상에 나왔을 때처럼 혼자 있다. 다만 지금의 나는 펼쳐가는 상태가 아니고 한 점으로 모이며 축소되어 가는 중이다.

내 죽음에 대해 알고 나서 사람들이 동요하지 않았으면 좋겠다. 각자 하고 싶은 대로 하면 된다. 나는 이렇게 하고 싶으니까. 마음대로 되지 않았던 인생. 그 마지막이라도 꼭 내 마음대로 하고 싶었다. 이렇게 할 수 있어서 좋다. 아, 이것이 죽음의 고통인가? 감각이 무뎌진 상태에서도 죽을 만큼 아플 수 있다니. 고통이 격심해도 반응을 할 수 없다는 점이 고통을 경감시켜 주지는 않는다. 아픈 건 그냥 그대로 아프다. 그래서 순간적인 죽음을 선호하는 지도 모르겠다. 내 죽음을 사고사로 만들기는 싫다. 그래서 이렇게 한다.

거의 다 왔다. 섬광은 이제 다가오지 않는다. 암흑 속에 잠시 흐릿한 빛만 느리게 점멸하고 있다.

이렇게 가는 건가. 잘 있거라, 모든 것들아. 이승의 나, 여기까지 온 나야.

아직 살았다.
살았다.

ㅅ ㅏ

아빠의 글은 거기서 멈췄다.

대단한 사람. 뭐 그리 대단하다고 이렇게 명료한 죽음을 보여주어야 했는지. 모든 얘기를 다 듣고 모두 다 받았다고 생각했다. 그런데 아빠의 속은 마지막까지도 쉼 없이 뭔가를 만들어냈다. 너무 몸에 익어서 애쓰거나 의식하지 않아도 마치 사람 속 장기들이 알아서 각자의 일을 하듯 정신도 그렇게 움직였다. 과거의 무언가를 끄집어내서 되새기는 것도 아니었다. 초월한다는 것의 의미를 나도 조금 알겠다. 그런 존재가 내 곁에 있었고, 이제는 없다. 완전히 없는 것인가? 내 꿈에 나온 존재는 그인가? 내가 만들어 낸 것인가? 우리가 만들게 될 방은, 그 속에 놓일 그의 손길이 닿았던 사물들은 어떤 의미를 가질 것인가? 바라보거나 다가가기만 해도 그 감촉을, 냄새를, 그런 분명한 기운을 명확하게 느낀다면 그는 거기 있는 것인가? 그건 누구인가?

휴대폰을 PC에 연결하고 데이터를 옮겼다. 유품상자를 들고 차에 올라 오두막을 향해 출발했다.

작가의 말

자신의 죽음을 자신의 것으로 만들고 싶은 노인에 대해 이야기하고 싶었습니다. 노년의 삶, 죽음에 대한 탐구를 시작했고 근원적인 질문에 대한 답을 구하러 길을 찾아 나섰습니다. 삶과 생각, 과거와 현재에 대한 성찰이 따라왔고 그 과정 속에 명멸했던 생각을 남기기 위해 글을 적었습니다.

죽음과 그 이후의 세계에 대한 궁금증이 다 해소되려면 아직 멀었습니다. 그러나 최소한 거기까지 이르는 한 과정은 볼 수 있었죠. 이 소설은 그 순간까지 어떻게 살아갈지, 어떻게 마지막 과정을 밟아갈지에 대한 질문입니다.

등장인물이 모두 살아 움직이고, 그들 안에서 새로운 사람이 등장해 파문을 일으키고 술거리를 흔들었습니다. 나는 그 뒤를 따라갈 수밖에 없었습니다. 너무 비틀거리다 길을 잃어버리지 않기 위해 애썼습니다. 안타깝고 고마운 마음으로 그들의 이야기를 내보냅니다.

살아있고,
숨을 쉬고,
내 몸과 사물과 사람을 만지고,
느끼고,
나의 현재를 인식합니다.

답을 찾기 위해,
더 나은 질문을 던지기 위해,
나는 읽고 쓰기를 멈추지 않을 겁니다.

2020년 이른 봄
이언